Tous les moments

DE LA MÊME AUTRICE

La Quête, Flammarion, 2021.

Anne Depetrini

Tous les moments

roman

Flammarion

ISBN : 978-2-0804-6656-3

Ça commence quand un accident ? Quand exactement ? Pour faire un feu, il faut une étincelle, un combustible et de l'oxygène. Moi je m'intéresse à l'étincelle.

Ça commence quand un accident ? Est-ce que c'est le moment où on se penche trop ? Ou déjà le moment qui crée la raison pour laquelle on est amené à se pencher trop ? Je suis dans l'hypothèse où, par exemple, on se penche au-dessus du balcon au septième étage d'un immeuble. Et on tombe... Non je ne sais pas si j'étais claire, c'est pour ça...

Ou est-ce la veille, parce que quelqu'un a dit quelque chose ? Ou l'année d'avant parce qu'on a rencontré ce quelqu'un... ?

Jusqu'où plongent les racines d'un accident ? Oui, j'ai un problème avec les métaphores. J'adore ça. C'est gracieux parfois, mais trop ça peut devenir gênant. Là par exemple j'avais aussi envie de dire : « Où s'arrête le fil quand on détricote l'accident ? » Mais au fond ni l'une ni l'autre ne me conviennent. Trop convenues ces images justement. Pas assez poétiques. C'est pour ça que je me retrouve à les empiler.

Bref on a compris l'idée.

Ça commence quand un accident ?

Dès la naissance sans doute, non ? Tout un tas de petits moments additionnés. Attention il faut tous les compter. Tous les moments : les plus grandes joies, les plaisirs les plus profonds, les peines sans fond, les échecs... tous, même ceux dont on goûte encore la honte intacte comme au premier jour. Mais aussi les moments nuls, où il ne se passe rien. Ces instants qui seraient coupés au montage du film de notre vie. On prend une gorgée de café et on se brûle la langue, et on se dit « merde je me suis brûlé la langue ». Et c'est con en plus parce qu'on avait vu que la tasse elle fumait vachement et même en main on le sentait qu'il était trop chaud ce café. Trop. Et en plus c'est chiant parce qu'une fois qu'elle est brûlée, la langue, on sent plus rien pendant des heures.

Tous les moments dûment comptabilisés égalent sûrement l'accident. Enfin c'est ce que je pense.

On se pose tous cette question à un moment donné non ? Parce qu'on est des êtres humains, et pas des écureuils. Eux ne se la posent pas je pense.

Moi si. Mais c'est peut-être parce que j'en ai eu un… d'accident.

Jour J
L'accident

Ce soir il a pris un bain et il est sorti. Et ça m'a piquée plus que d'habitude.

Sans doute parce que j'avais passé une journée compliquée avec notre petit Hélias de quatre ans, de particulièrement mauvaise humeur. Une journée de chouinade, comme seuls les petits garçons en produisent. Et même si on est au XXIe siècle, et qu'on sait que les petits garçons ont le droit, et même le devoir, de pleurer comme les petites filles, que c'est vraiment top qu'ils expriment leurs émotions, et leur fragilité bla bla bla... On ne peut s'empêcher, enfin moi je ne le pouvais pas, de se dire que y a pas à chouiner comme ça. Quand on est un petit garçon. Et tout de suite, comme un glaçage trop lourd sur un gâteau déjà trop sucré, me vient le sentiment que c'est honteux de ressentir ça, parce qu'on est au XXIe siècle et qu'on sait que les petits garçons ont le droit etc. etc.

Et si j'explore cette marée d'émotions, je m'aperçois que je la Lui dois à Lui. Il m'imprime cette nausée. Parce que je sais que ça Le dégoûte de voir son fils en chouinade. Et que si le petit est dans cet état c'est sans doute de ma faute. Et que conséquemment, je me dégoûte aussi. Par transitivité.

Lui c'est mon… mec, comme on disait à vingt ans. Mon jules comme on disait dans les années quatre-vingt. Mon fiancé comme dirait Barbie de Ken. Mon compagnon comme disent les circassiens entre deux bouchées de quinoa. Mon homme comme disent les échangistes de Lunel. Mon époux comme disent les catholiques intégristes dans leur pull qui gratte.

Bon mon mari, comme disent les gens mariés, mais ce n'est pas notre cas. Il me semble qu'on n'a jamais trouvé d'appellation correcte en français pour désigner un homme avec lequel on entretient une relation au long cours, possiblement des enfants, sans être passés devant M. le maire. Ou Mme d'ailleurs.

Journée pénible, plantée là au milieu d'un mois d'octobre trop chaud pour la saison. J'ai écrasé un moustique carrément, sur le mur de la cuisine. Ça a fait une petite traînée noire et rouge. Je me suis dit qu'il m'avait sûrement piquée. Mais j'ai regardé, et non. Je ne crois pas. J'ai esquissé un geste vers l'éponge perdue dans l'évier, pour faire disparaître cette petite tache sur la peinture blanche. Et puis non finalement. J'ai laissé ça comme ça.

Haussement d'épaules.

C'est une didascalie. Ce que je veux dire c'est que si quelqu'un s'était trouvé dans la pièce avec moi, j'aurais sans doute haussé les épaules, en guise d'explication au fait que je me sois ravisée.

Des moustiques à Paris… On le voit quand même que le monde part en flammes. Mais on fait comme si de rien n'était. On est là, en slip, dos au tsunami, les mains sur les hanches, en train de scruter la plage, se congratulant d'être aussi cons…

C'est le déni. J'en ai plein, moi, de ça.

Parce que là précisément aujourd'hui j'aurais aimé qu'Il rentre et qu'Il me prenne dans ses bras. Qu'Il couche notre petit. Et puis on aurait commandé un truc indien ou des pizzas, ça je m'en fous. Et on aurait regardé une série, même pas ouf. Et c'est tout. C'est beaucoup demander ça ?

Et j'ai demandé d'ailleurs, forte d'un article que j'avais lu l'après-midi sur un compte Instagram de développement personnel, pendant la courte sieste d'Hélias. J'ai lu ça comme on dévore un triple cheese au McDo. Honteusement. Il disait : « Tu ne peux pas en vouloir à l'être aimé de ne pas satisfaire tes désirs, si tu ne les exprimes pas. » Dans ce style, reconnaissable entre mille, des posts Insta pleins d'eux-mêmes, en police Arial sur fond pastel, avec au moins une bonne grosse faute d'orthographe. D'habitude je souris toute seule devant autant de n'importe quoi, mais là ça a ouvert une petite porte dans ma tête. Ah ben oui je me suis dit…

Et le soir j'ai osé Lui demander. Dis ça te dirait pas bla bla bla ?

Il a ri et Il a dit : « Oula folle soirée en perspective ! » Et puis Il m'a décoiffée pour rigoler, et Il est parti en riant. Je L'ai entendu se faire couler un bain, et j'ai compris avant même qu'Il prononce ces paroles de loin, depuis la salle de bains, fort pour couvrir le bruit de l'eau : « Nan de toute façon je sors ce soir, je rejoins Serge il est à Paris en ce moment… »

Il l'a dit fort, bien scandé, de loin. C'est là que ça m'a piquée. C'est marrant quand même comment fonctionne le cerveau, cet outil si perfectionné et si faillible à la fois. Il travaille sur des dossiers sans prendre la peine de nous tenir au courant. Il additionne, compile, compare, trie, admoneste, reprend tout depuis le début, convertit… Et à un moment donné, souvent complètement inattendu, il nous présente son rapport. Détaillé.

En fait Serge n'est sans doute pas de la partie. Sans doute même pas à Paris. Serge s'appelle sans doute Nikita ou Cheyenne. Sabrina *a minima.* Serge porte Angel de Thierry Mugler, et c'est Angel qui viendra s'allonger entre nous deux au petit matin, quand il rentrera lourd de ce parfum ~~entêtant~~ dégueulasse, troublé de vapeurs de gin et pollué de volutes de Marlboro... C'est marrant ce « r » entre le « Ma » et le « lboro » de Marlboro. Un « r » muet. Franchement j'aime bien les coquetteries en orthographe, mais là je trouve que ça sert pas le propos.

Il faudrait pas digresser autant. Je trouve que d'une manière générale, dans la vie je devrais me concentrer davantage. Je ne suis jamais là vraiment. Toujours dans le regret d'avant, ou la crainte d'après. Et si par hasard je n'ai pas réussi à m'échapper à temps du moment présent, alors je sors de moi. Je me quitte en quelque sorte, et je me regarde faire. Je contemple le déroulement de la vie, comme si j'étais dans la vitrine, bien badante au passage, d'un grand magasin au moment de Noël. Je regarde les autres conduire leurs vies, hyperimpliqués dans chaque virgule du quotidien.

Comme pour ponctuer cette pensée, j'ouvre la fenêtre du salon. Et je regarde les gens marcher dans tous les sens, comme les fourmis d'une fourmilière sur laquelle on viendrait de jeter de l'eau. Tout ça semble bien chaotique. Et pourtant chacun à leur échelle, ils ont un but.

Une maman : « Victor, mets ton écharpe j'ai dit. »

Une femme au téléphone, belle avec un long manteau blanc enveloppant comme un nuage : « Tu prendras une bouteille à ramener chez les Berthier ? »

Le fleuriste sur le pas de sa boutique, en pleine discussion avec le garçon du café d'à côté : « Ça s'est rafraîchi, non ? Remarque il était temps… »

Une nuée d'enfants qui font la course, un éclat de rire, une voiture qui klaxonne un cycliste imprudent. C'est la vie.

Moi je ne peux pas ça…

Je. Ne. Peux. Pas. Je les fais attention, ces gestes du quotidien. Mais sans être là. Le cœur n'y est pas.

Je me retourne sur le salon, mon, notre salon. Oui je fais les gestes. Il y a des photos encadrées posées sur le manteau de la cheminée. Et des fleurs aussi dans un vase. Elles sont légèrement fânées, mais le bouquet a encore de la gueule. Et surtout je retarde le moment de m'en débarasser, parce que je trouve hyperpénible de jeter des fleurs : l'eau sent affreusement mauvais et les pétales se répandent partout sur le chemin de la poubelle.

Je le ferais demain. Toute ma vie en ce moment tient dans cet assortiment de roses et de freesias : il est encore présentable, on verra demain.

Si j'étais davantage présente à moi-même, j'aurais compris plus tôt pour SabriSerge. Ou peut-être que je n'avais pas envie de comprendre. Le déni ça aide à vivre aussi, à supporter…

Parce qu'une fois que « le problème » est remonté à la surface du cerveau comme une grosse bulle molle dans du slime, on se sent obligé de l'adresser. Le problème. Ça y est, il est né. Il existe, il parle fort, il revendique maintenant. Il veut en découdre. C'est normal, il vient de passer des mois au placard, des années même parfois. Tous les jours, il vient se poser sur votre épaule, ses petites mains sur ses petites hanches, et il chuchote à votre oreille : « Tu comptes faire quoi du coup avec moi ? Je suis quand même un sacré problème… Tu ne vas pas rester là les bras ballants, si ? »

Et chaque jour il grandit, il se nourrit, il apprend… il devient de plus en plus fort, il sait comment vous parler maintenant. Il ne tient plus sur votre épaule. Non. Désormais il vous empêche de vous lever, de respirer. Il prend toute la place, il est monstrueux. L'issue, on ne la voit pas encore, pourtant elle est simple : ce sera vous ou lui. *Punto.*

Là pour moi, c'est le tout début. C'est un bébé problème, juste une esquisse. Pas encore un cancer de la moelle épinière, une simple piqûre de moustique. Je cherche machinalement la petite trace noire sur le mur de la cuisine. Le jour est tombé, je ne la vois plus... Ça me gratte la hanche, mais c'est l'étiquette de ma culotte. Non, il ne m'a décidément pas piquée ce moustique.

Mais je le suis, piquée. Alors je me dirige vers la salle de bains. Je m'arrête dans le petit couloir qui y mène.

Il chantonne je sais pas quoi. Je m'éclaircis la voix, j'ai le trac. C'est débile mais oui.

Je commence : « Euh... mais vraiment tu veux pas... ? » Les mots que j'avais pourtant préparés dans ma tête s'effacent un à un, ma voix dans un souffle, il me semble que je mesure à peine dix centimètres.

Il m'envoie un « quoi » sonore. Un « quoi » qui s'envole à travers l'appartement en battant fort des ailes. QUOI ? QUOi ? QUoi ? Quoi ? *froufrou-frou*... Je bats en retraite.

Dans le salon je récupère mon téléphone, sur lequel Hélias joue. Je me rends sur Instagram, où j'apprends que Serge se trouve chez lui, à Londres. Une photo postée quelques minutes plus tôt.

Hélias prend mal cette confiscation de matériel. Il se remet à chouiner. Ça m'aiguillonne comme un coup d'éperon : « Mais arrête enfin ! »

Le petit carré vert de la jalousie enfle en moi, ça me pique partout maintenant. Plus un, mais cent moustiques.

Lui, il ne se doute de rien évidemment. Il entre dans le salon, tout rose de la chaleur du bain. Vaguement ennuyé par les pleurs de son fils, Il plante ses yeux verts sous ses sourcils bruns directos dans les miens : « Quoi ? »

Moi je regarde le morceau de beurre se liquéfier avec soulagement dans la purée de carottes maison, que je sors du micro-ondes. Petit coucher de soleil culinaire. Je prends une cuiller et je mélange, je mélange...

« Serge n'est pas à Paris », je murmure.

« Oh putain, mais t'as vraiment décidé d'être chiante toi ce soir ? Bien sûr que si il est à Paris... Et franchement j'ai pas de comptes à te rendre, j'ai envie de m'amuser figure-toi... Si tu crois que c'est marrant de passer des soirées avec toi, avec la gueule que tu tires tout le temps... »

Je trouve ça injuste. Je m'occupe du petit, je travaille, je suis épuisée. Mais ça je le dis pas. À la place, je dis :

« Si tu vois une autre femme tu pourrais au moins me le dire. »

Je ne suis pas ravie de ma phrase, elle est sortie comme ça, en boitant un peu. Bon…

« T'es folle donc. Franchement… » Et là Il éclate de rire : « Franchement tu sais quoi ? Regarde-toi dans ton jogging ma pauvre fille (Il s'essuie les yeux tellement Il a ri aux larmes), comment veux-tu qu'on ait envie de toi ? »

Aïe. J'essaie de ne pas me laisser déstabiliser. Je recommence, têtue…

« Donc il y a une autre meuf ?

— J'ai pas dit ça, j'ai dit que ce serait normal qu'il y en ait une, vu comment tu te laisses aller. »

Pendant ce temps, Il s'est habillé, soin et tout, petites baskets assorties à la chemise, et dans une chorégraphie parfaite Il prend ses clés, son portable, nuage d'Habit Rouge, Il embrasse son fils sur la tête… Et Il se casse.

Bruit de la porte qui claque.

Il est parti je demande à moi-même ?

Oui je me réponds.

Rien ne se passe comme prévu. Je voudrais pleurer, mais je n'y arrive pas. C'est comme une érection qu'on ne soulage pas, un éternuement qui ne trouve pas son chemin. Ça me fait presque mal dans la gorge là… derrière les yeux. Mais non, rien.

En vrai je me sens bien d'un coup, calme, comme quand le vent abandonne la partie le soir.

Pleurer quoi d'abord ? Le mépris, l'absence d'amour ? La solitude, l'indifférence ? La violence ? Je m'en fous en vrai. Moi je ne L'aime plus depuis longtemps. Je Le trouve minable, plein de la fierté de son sexe. C'est ridicule en vrai.

Je n'en parle jamais de tout ça.

À ma famille pour quoi faire ? La famille d'ailleurs à quoi ça sert ? Il serait pas temps d'abolir ce concept (en même temps que Noël) ? Quelle débilité quand même. Exactement comme la religion, c'est le lieu de toutes les folies, de toutes les insanités, les violences. C'est barbare une famille. Pas le droit de se plaindre, parce que c'est la famille. Pas le droit de ne pas aimer parce que c'est la famille. Les gens ils en ont plein la bouche de ce mot… Ce mot nul qui délivre un blanc-seing au tyran qui tyrannise, au violeur qui viole, à la victime qui se victimise…

Au nom de la famille quelles exactions sont commises. Putains de connards oui… Cette grande entreprise à sabotage plus ou moins conscient de petites âmes innocentes. Tu viens de naître, alors attends… Je te mets quoi ? De l'angoisse, bon ça la base déjà… Une peur de l'abandon ça te dit ? OK, et de la dépendance affective, tu verras avec un combo pareil tu ne seras jamais bien. Jamais, je te le promets.

Et encore là, je ne parle pas inceste, enfants battus… Non là je suis dans une moyenne plutôt lambda je dirais. La famille. Lafami. L'infamie.

Bon j'en parle pas non plus à mes amis. Je ne leur en parle plus pour être exacte. Je le vois bien à leurs têtes qu'ils hallucinent de moi. Eux ils me disent de partir depuis longtemps. Haha partir, elle est excellente celle-là !

J'y arrive pas.

Je le ferais en fait sinon.

J'y arrive pas.

Parfois je crois que je vais y arriver. Et puis par exemple j'ouvre un placard et je vois toutes les fringues que j'ai accumulées ces dernières années, et ça me décourage d'un coup. Je me dégonfle. Comme quand tu ouvres trop tôt la porte du four sur un soufflé. Pardon pour cette métaphore encore. Plus personne fait de soufflé. Mais bon, on comprend l'idée je trouve.

Ça me décourage parce que je me dis, OK tu pars. Avec le petit, ça OK. Mais où je vais mettre tous ces vêtements ? Il me faudrait un appart pour Hélias et moi, et un pour les habits. Et j'ai pas les moyens pour deux appartements. Et quoi ? Tous les matins je devrais me rendre dans l'appartement des habits pour m'habiller ? Et si ces deux appartements sont éloignés l'un de l'autre, genre je dois prendre le métro en pyjama ? Pas plus d'un changement alors… Bon l'idéal ce serait que ce soit direct quand même…

Et je ne pars pas.

Ce n'est pas l'amour qui me retient, je l'ai dit ça déjà. Je L'aime pas, je L'aime plus, j'ai plus le temps, pas la force, je sais pas…

De toute façon, Il ne me laisse pas L'aimer.

Ce n'est pas non plus mon fils qui me retient. Enfin si, ça me ferait culpabiliser bien sûr, mais ça j'ai l'habitude.

Non, c'est comme une sécurité enclenchée malgré moi, qui m'immobilise le corps et la tête. Je ne sais pas où elle se trouve cette sécurité. Compliqué donc de la désactiver. Impossible.

Quand j'essaie d'expliquer à quelqu'un ce que je vis, je ne ressens plus rien de la violence que j'ai vécue. Quand je raconte les tromperies, les humiliations, les vexations, j'ai l'impression que je raconte la vie d'une autre.

Que tout ça n'est pas si grave et de quoi je me plains encore.

Souvent je raconte en riant, j'ajoute des vannes, une espèce d'autodérision un peu gênante. Je ne vois plus où est le problème. Je ne trouve plus.

Comme quand on cherche le début du Scotch avec son doigt. Mais on a beau faire, on trouve pas. Et pourtant c'est obligé il a un début ce rouleau de Scotch.

Et ça gêne les gens. Je ne sais pas. Peut-être que le spectacle de mon impuissance les renvoie à leur propre pile de caca. Je ne sais pas.

Je me remets à la purée de carottes. Je ne sais pas pourquoi je cuisine ça à Hélias, il déteste. Je le fais pour moi je crois. J'aime pas non plus, mais ça me donne super bonne conscience. C'est sain, plein de vitamines, ça rend pas obèse... La couleur est incroyablement joyeuse. Je me sens vraiment une bonne maman quand j'ai cuisiné de la purée de carottes.

Ah attends... J'ai une petite montée de larmes impromptue là... Une, deux grosses larmes qui sortent d'un seul œil, le gauche. Elles roulent comme des perles le long de la vallée des larmes justement, petite pause sur l'ourlet de la lèvre supérieure, le temps d'évaluer la distance... Et hop, la première tombe pile dans la purée de carottes. La seconde va s'éclater contre le rebord de l'assiette. Elle explose en plein de petites gouttelettes. C'est marrant, c'est joli... J'avais jamais vu une larme faire ça avant...

Je vais aller à la salle de bains, je ne veux pas qu'Hélias me voie pleurer. En chemin je me dis que c'est idiot. Ce serait peut-être finalement préférable qu'il comprenne que tous ces mots me touchent. C'est normal que ça me fasse pleurer. Le contraire serait même hyperbizarre en fait.

Mais bon, je ne veux pas c'est comme ça. J'ai l'impression que si quelqu'un entrouvre cette carapace, je vais me dissoudre comme un Alka Seltzer.

Devant le miroir, un beau miroir, un vieux miroir piqué un peu partout, je pleure un peu mieux. Je me regarde pleurer, mon reflet tatoué par les taches sur la glace, étranges fleurs de cimetière.

Et puis non, ça s'arrête encore d'un coup. Les pleurs. Bon...

Je reviens dans la cuisine. J'assieds précautionneusement mon fils dans sa chaise haute. Je pose devant lui la purée de carottes. Son regard se promène entre moi et l'assiette : il est déçu. Bah oui berk *sorry*...

Moi ça me fait sourire à quel point on peut tout lire sur les petits visages froncés des enfants. L'alphabet des émotions, qu'on passe tant de temps à dissimuler plus tard...

Je m'aperçois que ça faisait un moment que je ne l'avais pas regardé. Vu oui, mais regardé non. Mon fils. Ni ressenti.

C'est à cause de Lui… Lui Il aspire tout, ma joie, mon envie, et même la mère que je suis.

Je me trouve nulle et conne d'un coup. Encore plus que d'habitude.

Il faut vraiment que je parte.

Je vais ouvrir un placard.

Je reste.

Hélias a tapé dans sa purée de carottes avec sa cuiller. Il y en a partout. Sur lui, autour de la bouche, jusque dans les cheveux… Jusque sur les murs. On dirait que la purée a cherché à s'échapper d'ici elle aussi.

L'image me fait sourire. Puis je ris carrément. Hélias s'interrompt, ça fait longtemps qu'il n'a pas senti la joie chez moi. Il se met à éclater de rire lui aussi, ces rires si clairs et complètement irrésistibles des petits. Des rires tellement énormes qu'on se demande comment ils tiennent dans ces petits corps. Des rires qui cascadent, rebondissent sur les murs, se jettent par la fenêtre. Alors je l'accompagne. Quelque chose cède en moi. Et moi aussi je tape la purée de carottes. Et j'en mets partout. De la purée de carottes *wesh* ? Quelle idée !

On est ensemble, tous les deux mon fils et moi, ensemble contre la purée de carottes, ensemble pour la vie. Et en vie. Oui.

Je nous aperçois dans le reflet de la fenêtre qui se ferme brutalement à cause d'un courant d'air. On dirait des fous. Ça fait un bien fou.

D'être fous…

Lui m'a tellement dit que j'étais folle. Lui et tous : mon père, mes premiers petits amis… Des femmes même, en mimétisme : folle. Il se trouve que je la côtoie depuis toute petite la folie. Des rumeurs, des secrets de famille… Elle me rôde autour. J'ai appris à la contempler, à lui faire face, en me mettant assise en tailleur, devant un miroir. N'importe quel miroir fait l'affaire.

Et depuis toute petite donc, je sais qu'elle se trouve de l'autre côté du miroir, là, juste derrière. Attention, parce que la frontière est ténue, fine comme un fil d'araignée. C'est là, tout près, on pourrait y aller à pied.

Et pourtant je me retiens… Parfois je me demande pourquoi, et qu'est-ce qui me retient justement ? Elle me renvoie mon regard, tête penchée, l'air de me dire c'est pas si grave tu sais, c'est comme tout, c'est ce qu'on en fait…

Et c'est vrai merde à la fin. C'est qui les fous ? Eux derrière le miroir qui inventent leur monde à leur sauce, comme on composerait un bouquet dément fleur après fleur, sans souci de proportions, de saison, dans une cacophonie de couleurs…

Ou nous qui dealons avec l'injustice, l'horreur, la méchanceté, la pression… ?

Hein ? Qui sont les fous finalement ?

J'ai couché Hélias. Rituel habituel : débarbouillage/dents/pipi/histoire. Je lui lis un livre dans le gros fauteuil crapaud qui regarde son lit. Ce crapaud qui se trouvait déjà dans ma chambre quand j'avais son âge. Et quand les vêtements s'entassent sur ce fauteuil, on pourrait croire certains soirs à la nuit tombée, en ombre chinoise, qu'une vieille sorcière s'est posée là. Ou qu'un loup chapeauté est en train de tricoter. Même délire que les formes qu'on croit deviner dans les nuages. Sauf que là, quand on est petit, pas complètement rassuré sur les choses de la vie, et que c'est la nuit, ça peut faire méchamment peur.

Je lui lis l'histoire de « la petite taupe qui se demandait qui lui avait fait caca sur la tête ». C'est une petite taupe sans prénom, qui se réveille un matin avec un caca sur la tête. Elle est furax (après, c'est normal), et part enquêter auprès des animaux pour retrouver qui a bien pu commettre ce méfait. Et tous les animaux lui montrent leur caca, afin de se disculper. Ah oui, ce n'est pas la vache (encore heureux), ni la chèvre, ni le canard…

Bref je spoile, pardon, mais il se trouve que c'est Jean-Henri, le chien du boucher. Comme par hasard…

Hélias adore cette histoire, parce qu'on parle de caca et d'animaux, deux passions communes à cet âge.

Et je crois que j'adore cette histoire encore plus que lui, bien que ce ne soit pas pour les mêmes raisons.

Au fur et à mesure que je lis ce livre à mon fils, je m'aperçois que cette petite taupe, c'est mon guide spirituel. Ce n'est pas une victime, elle. Est-ce que je ne me réveillerais pas symboliquement, la plupart des matins, avec quelqu'un qui m'a fait caca sur la tête ? Et ça ne me met même pas en colère. Et je ne cherche même pas à répliquer. Non… Parce qu'attention, la petite taupe, elle se venge. Elle va directos faire caca sur la tête de Jean-Henri le chien du boucher. Bon il ne s'en rend même pas compte, étant donné la taille du caca de la taupe, et la taille du chien, un genre de bouvier des Flandres… Mais ce n'est pas ça l'important. L'important, c'est qu'elle se soulève contre l'injustice qu'elle a subie.

Elle a carrément raison je trouve.

Hélias s'est couché sans encombre. C'est suffisamment rare pour être noté. Il n'a pas peur quand on est tous les deux. Je me rends compte de ça et ça me rend mi-fière, mi-triste, ce qui est un drôle d'alliage de sentiments. Il sait qu'il n'entendra pas l'orage des disputes de ses parents. Les mots qui grondent, les insultes qui pleuvent et les portes qui claquent. Non ce soir le temps est calme, propice au repos.

Et puis, j'ai sécurisé la zone... J'ai checké pour les monstres sous le lit, j'ai tapé dans les portes des placards pour faire sortir ceux qui n'auraient pas compris de quel bois on se chauffe. Et puis j'ai dessiné avec mon index gauche un cœur sur son petit front. Un cœur visible seulement de nous deux. Un geste d'ancrage, signe qu'on passera une bonne journée demain. Surtout ne pas oublier le cœur... J'ai gratté son petit dos, sa petite peau si douce, sans plis ni taches, exempte de la moindre cicatrice. La peau de soie qui enveloppe ce miracle de petit garçon.

Après j'ai mis mon nez dans son cou pour me shooter à son odeur. Cette odeur je la sentirai toute ma vie, même quand elle sera partie pour de bon. Cette odeur, personne jamais ne pourra me l'enlever. Et là, collée, je lui chante sa berceuse, qui se trouve être *L'Homme à la moto* d'Édith Piaf. La chanson est ultra-violente, c'est vraiment une anti-berceuse. Mais bon, c'est la seule chanson dont je connais les paroles par cœur, pour une raison que je ne m'explique pas moi-même... De toute façon on s'en fout, on ne les écoute pas les paroles. Ma gorge contre son cou, ça nous fait vibrer tous les deux.

Et voilà, après je pars. C'est plus ou moins ça notre rituel. Chaque soir. Et un jour ce petit garçon sera devenu un homme, et il s'endormira sans avoir besoin que je chasse les monstres ou que je lui chante les chansons traumatisantes d'une chanteuse réaliste en mal d'amour. Il ne s'en souviendra sans doute même pas de ce rituel. Ou il s'en foutra. Et c'est OK.

En partant je prends encore bien soin de mettre en garde les monstres qui n'auraient pas été suffisamment attentifs à ma première pluie de menaces. Ça fait rire Hélias.

Je ferme la porte. Je souris.

Petite bulle de liberté. Je vais faire ma vie à ma sauce. Comme avant. Rien de fou : des Sudoku devant Netflix, un dîner constitué de mimolette ramollie au micro-ondes et déposée sur des Krisprolls. Et une banane s'il en reste une pas trop marron.

Nutri-score Z.

C'est rien mais c'est la fête, parce que je suis tranquille. Le petit dort. J'ai tout l'espace pour penser. Je dérive doucement, c'est si bon.

Je sens que je m'endors, mais ce n'est pas grave. Personne pour me dire : « Va au lit. » Là dans le canapé je suis étrangement bien. Bien comme je n'ai pas été depuis longtemps. Je me dis que ce n'est pas normal, mais que pour survivre le cerveau s'empare de tous les petits morceaux de calme possibles, petites miettes pathétiques qu'il picore, pour supporter l'assaut suivant. Assaut dont on ne sait encore ni la nature, ni quand il surviendra. Une seule chose est certaine, il ne manquera pas d'arriver.

Ellipse.

Il est 23 h 23 lorsque je suis réveillée en sursaut par le bruit de la clé qui ouvre la porte. Ce bruit je le connais par cœur. Je pourrais l'entendre au milieu d'une manif de marteaux-piqueurs. Je pourrais l'entendre dans le coma. Je pourrais l'entendre depuis la lune. C'est le bruit qui sonne la fin de la joie. Il rentre. À 23 h 23.

Je note machinalement cette heure. C'est drôle comme on est interloqué par les heures miroir. C'est comme un signe. Alors oui d'accord, mais un signe de quoi ?

C'est ce qui nous différencie des animaux, notre volonté de découper le temps en tranches de saucisson. Il faut vraiment être un humain pour entreprendre pareille entreprise. Comme une volonté pitoyable de s'ancrer dans une vie folle par essence. Un besoin de tout contrôler, voué à l'échec de toute façon.

D'ailleurs je note au passage qu'il y a toujours quelqu'un lors des apéros entre amis qui entreprend de découper le saucisson en rondelles (quand il y a du saucisson bien sûr). C'est celui qui se prend pour le maître du temps.

Cela étant 23 h 23 ce n'est pas une heure pour rentrer. Pas pour Lui. Lui quand Il part en goguette, comme on disait en 1954, Il ne rentre pas avant potron-minet (je m'en tiens au champ lexical des *fifties*). En tout cas, jamais Il ne revient avant 7 heures du matin. Ah ça non, jamais...

Je me redresse machinalement pour faire comme si je ne dormais pas, comme s'il y avait un côté honteux au fait de s'endormir. Alors que c'est quand même pas si grave. Mais je mets la même énergie à dissiper les reliefs de mon assoupissement que si j'avais été en train de cuisiner de la meth.

Il jette les clés sur la console prévue à cet effet. Ses pas dans le couloir : Il ne me voit pas encore. J'ai l'air maintenant parfaitement réveillée devant ma série. J'enlève mes lunettes pour être moins moche quand Il me découvrira lovée dans le canapé, comme si de rien n'était. Et ça tombe bien, puisque rien n'était justement.

Une idée s'insinue en moi, comme un petit vermisseau téméraire dans une pomme. Et s'Il m'avait écoutée ? S'Il était rentré « tôt », pour finalement passer la soirée avec moi ? Contre moi... ? Ça effacerait tout ça. Ce serait comme une grosse vague qui déride la plage. Comme un drap blanc et propre qu'on secoue au-dessus d'une prairie en fleurs. Oui…

« Ah tu dors pas ? » Non il est tôt je dis, même si je pense « lol », si je pouvais je serais au lit à 21 heures tous les soirs tellement je n'en peux plus.

Il s'assied en face de moi, dans un fauteuil sur lequel personne ne s'assied jamais. Vous l'avez chez vous ce fauteuil ? On sait même pas ce qu'il fait là, personne ne s'assied jamais dedans, même les invités quand ils sont plein. Et tout de suite je me dis c'est bizarre. Parce que personne s'assied jamais dans ce fauteuil.

Sa façon de se tenir retient mon attention aussi. Son dos arqué donne l'impression qu'Il est immense. Il est grand alors qu'Il est assis. Les proportions sont flinguées.

Et alors l'Oscar du bizarre : Il sourit. Je ne dirais pas qu'Il me sourit, parce que ce n'est pas à moi qu'Il sourit. Il sourit en l'air, en me regardant sans me voir. Un mauvais sourire de quand on a perdu la partie, mais qu'on veut avoir l'air fair-play.

Il ne dit rien. Il se prend la tête dans les mains et quand Il la relève, ses yeux kaki/dorés sont remplis de larmes. Ça commence à bourdonner sous mon crâne, comme si un million d'abeilles venaient d'entrer à l'intérieur. Je ne L'ai jamais vu pleurer. J'ai le temps de noter que les yeux rougis c'est joli, parce que ça fait ressortir l'or de ses iris.

J'ai la prescience que quelque chose de grave est arrivé. Le froid de la catastrophe m'envahit.

« Ça va ? » je dis… Question con.

Là, au lieu de me reprendre avec l'ironie cinglante qui zèbre chacun de nos échanges ces derniers temps, Il dit « non ». Le « non » le plus sincère depuis l'invention du « non ».

Et Il commence à dérouler.

« J'ai eu un accident » Il dit…

Je ne comprends pas. Un accident ?

« Avec la voiture », Il ajoute.

Je coule. Il n'a plus son permis depuis un an. C'est moi qui conduis la voiture pour aller au travail.

« Mais… ? » je fais.

Il continue. Oui Il prend la voiture de temps en temps quand Il sort, c'est quand même plus simple que les taxis racistes qui puent et les Uber qui arrivent jamais, hein ?

Et effectivement Il ne me le dit pas pour que je ne l'assomme pas avec des discours moralisateurs sur le fait de conduire sans permis.

Il n'a pas fini. Je ne dois pas m'inquiéter, Il va bien, Il n'a rien. La voiture non plus d'ailleurs, enfin presque rien, peut-être le pare-chocs avant amoché… Trois fois rien quoi.

« Bon, tout va bien alors, plus de peur que de mal… » je dis en petite phrase réflexe.

Il enchaîne. Le truc c'est qu'Il a renversé quelqu'un et qu'Il est parti. Parce qu'Il n'a pas le permis justement… Et Il ne sait pas si la personne… euh…

Les abeilles dans ma tête m'empêchent d'entendre la suite. Il ne sait pas si « la personne »… est en vie. En fait.

Le cauchemar de quand on tombe dans le vide et hop on se réveille, je le vis réveillée. Je tombe sans jamais atteindre le fond. Les abeilles ce ne sont pas de gentilles abeilles qui font du miel. Ce sont des abeilles tueuses qui piquent.

« Par contre la petite galère… » Il n'avait pas complètement fini. Je pourrais tout entendre, qu'Il a été mordu par un pangolin, enlevé par un extraterrestre, qu'Il fait partie du Mossad… Quoi encore ? Qu'est-ce qu'il peut y avoir de pire que ce qu'Il vient de dire ?

Il dit : « … c'est qu'il y avait un couple sur le trottoir quand c'est arrivé. Ils ont sûrement pas vu la plaque, mais si jamais ils l'ont vue, il faudra que tu dises que c'est toi qui conduisais. Vu que j'ai pas le permis… »

Il est 23 h 32 (heure miroir à l'envers) et je viens d'avoir un accident.

J-1
La voiture

J'arrive dans l'Entreprise comme tous les matins à 9 h 15. Non pas comme tous les matins en réalité. En ce moment je me rends au travail en transports, comme disent les gens qui prennent les transports. En commun. La voiture est au garage. Pneus usés, feu arrière gauche cassé, faux contact à l'ouverture du toit ouvrant... Toute une série de désagréments pas hypergraves, mais sur lesquels il allait bien falloir se pencher un jour. Eh bien ce jour est arrivé. J'ai fait ce que font les adultes responsables : j'ai porté la voiture au garage. C'est marrant cette expression, parce que bien entendu, on ne porte pas vraiment la voiture. Parce qu'on a pas la force. De la même manière, les gens qui disent « je vais faire de l'essence » ne fabriquent pas réellement de l'essence. Sinon ils seraient super riches.

Je ne L'ai pas consulté pour effectuer cette démarche. De toute façon Il m'aurait fait renoncer : les garagistes sont une sale race d'escrocs patentés, elle a rien cette putain de caisse, sinon Il l'aurait vu. Bon…

Je ne vois pas bien comment Il l'aurait vu, étant donné que son permis Lui a été retiré par les autorités compétentes, il y a maintenant plus d'un an.

Alors voilà, je boucle la boucle, simplement pour dire qu'en transports donc, je pose un pied dans l'open space dédié au marketing, plutôt aux alentours de 9 h 15. 17 max. Alors que lorsque je viens en voiture, depuis le 9e arrondissement de Paris, jusqu'à Clichy donc, où se tient l'imposant siège social de l'Entreprise, je suis plutôt là à 30. La circulation à Paris, que voulez-vous, c'est devenu un enfer. Phrase que j'entends depuis ma plus tendre enfance. Donc est-ce qu'on pourrait tous collectivement tomber d'accord pour dire que la circulation à Paris est un enfer depuis toujours, et pour toujours ?

Aujourd'hui, je vais devoir m'éclipser un peu plus tôt, parce que précisément je vais récupérer ma voiture chez le garagiste…

Soupir de pré-découragement.

Le pré-découragement, c'est quand on est découragé rien qu'à l'idée d'être découragé. Les Islandais doivent avoir un joli mot flûté pour décrire ce méta-concept. Un mot comme *ajfullerppågrūjllåpkr.* Un mot qui dirait en un mot plutôt qu'en cent la joie d'être heureux, la peur d'avoir peur... être amoureux de l'amour.

L'Entreprise qui m'emploie est un géant de la cosmétique. Et c'est pas mal ironique de travailler chez un géant de la cosmétique, car je ne me maquille ~~pas~~ plus. Pas envie. Je regarde les marques du temps gagner du terrain sur mon visage, aussi vite que les Allemands sur le front de l'Est, sorte de *Blitzkrieg* perdue d'avance. Et désormais quand je m'aventure à mettre du rouge à lèvres, je trouve qu'on dirait une vieille pute.

J'ai arrêté de me farder le jour où je suis arrivée au bureau en ne m'étant maquillé qu'un œil, déclenchant une hilarité collective dans l'open space.

Après coup je me suis dit que c'était déjà mieux que rien. Un œil. Mais apparemment non...

Pourtant avant j'adorais l'idée de me maquiller, ce masque qu'on porte pour égayer la vie. La joie toute simple du coloriage quand on était enfant. C'est une politesse aussi. Et une fantaisie, une histoire du soir qu'on se raconte à soi-même le matin. Aujourd'hui je serai... Une femme tout droit sortie des années soixante avec mon eye-liner et ma bouche beige. Et mardi, une chanteuse de girls band. Vendredi, une bourgeoise dévoyée. Lundi, une maîtresse d'école un peu bohème. Toute une palette de personnages qu'on fait éclore au chant du coq, et qu'on efface entre chien et loup.

Je travaille Ici depuis plus de dix ans. Bien apparemment. Personne n'a l'air de se plaindre de moi. Après j'ai remarqué au fil du temps, et si je me compare à d'autres : je suis quelqu'un de consciencieux quand même… Et pas mal soumise à l'autorité, ce qui constitue un combo plutôt commode au sein d'une compagnie comme la mienne. Et c'est même pas la mienne d'ailleurs. Sinon je peux vous dire que ma vie n'aurait pas été la même. Quoique… On sait jamais en fait.

Disons qu'en tant que petite roue crénelée occupée à faire tourner ce gigantesque mécanisme qu'est l'Entreprise, je suis davantage un élément « huile » que « grain de sable ».

Aujourd'hui j'ai un planning un peu serré. Je dois 1/ terminer ma présentation pour le lendemain, 2/ aller chercher la voiture avant 17 h 30 puis 3/ récupérer mon fils à la crèche. Dans cet ordre. J'ai réfléchi à intervertir garage et crèche, mais le garage ferme à 18 heures. Normalement il ferme à 19 heures, comme tout le monde hein, mais là « exceptionnellement » c'est 18 heures. Ils me l'ont précisé dans le texto informatif envoyé d'un numéro genre 3608, et qui dit en majuscules, comme si le gars qui l'écrivait était très en colère, que « VOTRE VOITURE EST PRETE. ATTENTION EXCEPTIONNELLEMENT LE GARAGE LEPIC FERMERA A 18H CE JOUR ».

Ça ne m'arrange pas, mais ça se gère. Mes priorités se réorganisent comme les vols au départ sur les panneaux d'affichage des aéroports. Et ça fait le même bruit de cartes qu'on rebat dans ma tête. Quoique à la réflexion : est-ce que les panneaux d'affichage des aéroports font du bruit ? Je me pose la question. Et je me réponds non. C'est dans les films ça.

Cette petite organisation serrée commence à peser sur ma cage thoracique comme le café sur mon estomac, dès que mon badge fait : « Oui c'est bon, vous travaillez bien là vous avez le droit de monter. » Il ne dit pas vraiment ça…

Je surveille ma respiration, ma transpiration, je marche d'un pas vif mais pas trop rapide. C'est l'allure dédiée à l'Entreprise. Très important de comprendre ça *fissa* quand on intègre l'Entreprise.

Parce que si vous marchez trop lentement, cela indique une forme d'indolence, qui aura tôt fait de vous classer dans les éléments paresseux, fumistes, tire-au-flanc...

Mais attention oh là là... Si vous marchez trop vite, cela fait de vous quelqu'un de débordé, qui n'a pas su gérer son timing (beaucoup de mots anglais circulent dans l'Entreprise). Et là, c'est presque pire...

L'idéal c'est donc de marcher d'un pas alerte et décidé, à un rythme moyen + je dirais... Sûr de soi, mais pas prétentieux non plus voyez. Un cheminement qui indique sans aucune ambiguïté que vous avez une tâche à accomplir, et que vous allez vous en acquitter. Merci et bonne journée.

J'arrive à la bonne allure dans l'open space, c'est déjà ça de gagné. Ensuite, il convient d'enchaîner le flot des conversations mécaniques, les mots qu'on doit prononcer, alors qu'on n'attend aucune réponse...

Bonjour/ça va ?/haha/petite mine dis donc/ça va ?/ça va/haha/café ?/haha...

Elle sourit de la bouche mais pas des yeux. Petite cascade.

Rituel social épuisant mais obligatoire. J'aimerais bien que mon téléphone s'en charge, lui qui se mêle de tout désormais. Ça soulagerait tout le monde je pense… Ce seraient nos téléphones qui se parleraient mécaniquement le matin, et après avoir échangé suffisamment de « ça va ? », ils se remettraient en veille.

Comment font les gens devant l'inanité de ces jours qui se répètent à l'infini, pas tout à fait les mêmes, mais pas complètement différents. Trop pareils pour ne jamais être surpris. Mais trop dissemblables pour ronronner tranquillement en pilote automatique.

Dehors, le temps que je m'installe, il s'est mis à pleuvoir très brièvement, comme un avertissement du ciel. Attention hein, il pourrait très bien pleuvoir, je n'ai rien contre la pluie, et de toute façon tout ça n'est pas de mon ressort… Mais là c'était bizarre, parce que c'était même pas un orage. Et immédiatement après, boum le soleil est revenu dissiper les nuages. Machinalement j'ai cherché l'arc-en-ciel. Mais je ne l'ai pas trouvé.

Et puis à un moment petit silence dans l'open space : tout le monde avait tourné la tête vers la fenêtre sans rien dire. Et il était là, splendide… Un arc de cercle parfait qui remplissait tout le bureau. Silence toujours. On a tous été émus en même temps. Ça m'a plu ce moment…

C'est ça qui ce matin-là m'a donné la force d'allumer mon ordinateur.

Elle sourit toute seule, surtout des yeux cette fois-ci...
En vrai j'aime bien ce moment où je m'assieds sur mon siège de bureau, la jambe droite repliée sous la fesse gauche pour soulager ma sciatique, et où j'allume mon ordinateur. Il fait le bruit de l'ordinateur qui s'allume. Puis il s'illumine d'un coup en me voyant, et il me sourit de tous ses pixels. Mot de passe... Helias2109. Parce que c'est mon fils. Et qu'il est né le 21 septembre. À ce stade de non-engagement dans la volonté de protéger son ordinateur, autant ne pas mettre de mot de passe. Je me fais cette réflexion.

Demain je présenterai mon dossier au directeur du marketing, à 10 heures, en salle 121A. Je lui raconterai comme je trouve opportun de lancer ce nouveau blush crème milieu de gamme. Comment je compte le promouvoir, le packager... Quelle histoire je vais raconter autour de ce blush crème *intransférable*. J'ai oublié de le préciser, alors que c'est son gros point fort. Il est intransférable. La chance...

J'ai tout passé au crible. Son nom bien entendu, un truc autour de la chantilly, qui doit évoquer sa texture (crème donc) (je l'ai déjà dit, ça), mais aussi la légèreté. Parce que ce blush il doit donner l'impression que vous n'en portez pas, que vous revenez d'une grande balade au bord de l'océan.

Ou alors que vous venez de faire l'amour. Ou que vous venez de rougir d'un coup, parce que vous êtes timide... Bref un truc mignon et frais.

Tout compte. Tout. Le bruit que fait le boîtier quand il se ferme, ça compte. Si ça fait un gros *clic*, ça sonnera plastique, toc, *cheap*... Un peu de retenue sera bienvenue lors de la fermeture de l'écrin... Il faut des amortisseurs de verrouillage... L'écrin c'est un peu abuser, mais je m'emballe facilement. J'aime bien l'enthousiasme.

À midi j'ai déjeuné devant mon ordinateur, balayant à intervalles réguliers du revers de la main les petites miettes échouées sur le clavier. On dirait une reconstitution des soldats parachutés en 1944 sur les plages normandes.

Je mange une salade toute prête, achetée à la « bonne » boulangerie de la petite rue piétonne derrière le bureau.

C'est dégueulasse.

Question : pourquoi on choisit systématiquement une salade quand on est une femme, alors qu'elles sont systématiquement dégueulasses ? On dirait qu'elles sont fabriquées à partir d'éléments qui n'existent pas dans la nature. En tout cas qui n'appartiennent pas au registre du comestible. Tout est flingué dans les salades toutes prêtes : le goût, la texture, les couleurs.

Je pense que c'est parce que la salade c'est vraiment un plat qui se consomme à la minute. C'est inconservable une salade en fait. Je ne vois pas pourquoi on s'entête. C'est une bouffée d'air frais une salade… On ne peut pas l'emprisonner.

Donc c'est immangeable, parce qu'elle a attendu trop longtemps. Et nous les femmes, on choisit ça par réflexe conditionné pour pas être grosses : « La salade César s'il vous plaît… Non, sans pain, merci. »

Cette salade à 15 euros, oui 100 francs finalement, c'est dingue hein ? Non ? Quand on y pense… Cette salade donc, essentiellement constituée de salade, et de très peu de César, en vrai elle fait plus grossir qu'un sandwich au jambon mangé avec plaisir. J'en suis sûre de ça.

C'est la dernière fois que je me fais avoir. Désormais je serai full sandwich. Mais aujourd'hui je prends encore une salade César. Et ce seront mes adieux à César… Je me sens un peu fière c'est débile.

Ah tiens ça va être l'heure d'aller chercher la voiture chez le garagiste. C'est passé vite dis donc cet après-midi…

Comme tous les après-midi du monde.

Qui passent de plus en plus vite.

À mesure qu'on vieillit.

Je vais laisser mon ordinateur allumé, et ma veste sur ma chaise, comme ça personne ne pensera que je suis partie avant 18 heures. Crime de lèse-majesté ! Personne ne se risquerait à faire ça dans l'Entreprise.

Grâce à mon stratagème, tout le monde se dira que je suis descendue en pause clope. Même si je ne fume pas. De toute façon personne ne fait attention à personne. Je pourrais aller fixer de l'héro dans la cage d'escalier, personne ne ferait gaffe. C'est ce que je crois en tout cas.

Je rentre dans cette boîte de Petri géante qu'est le métro. C'est fou de survivre à ce festival de miasmes. C'est obligé ça grouille de microbes interlopes là-dedans. Tu n'as qu'à regarder. Il y en a toujours un qui tousse, un qui s'essuie la morve avec sa main et qui la repose direct sur la barre en détente, un qui se gratte la tête, un qui n'a vraisemblablement pas l'eau courante chez lui, un qui éternue, un qui est en tongs, l'autre qui rééternue… C'est bien d'être grande pour ne pas être directement au contact. Mais après voir le dessus de la tête des gens c'est pas foufou non plus.

Mais envers et contre tout, j'aime le métro. Parce que j'ai grandi avec. Cette odeur, je la connais. Cette chaleur qui t'enveloppe l'hiver et qui te boxe l'été, je la connais. Le son des grillons, le grondement du métro qui arrive, les regards vides des passagers de la rame d'en face quand ils croisent le tien, de regard vide... Tout ça je le connais, je le valide.

La ville c'est mon environnement naturel, et le métro, c'est le système digestif de la grande ville. C'est caché, chaud, toujours en mouvement... plein de merde.

Je me sens bizarrement en sécurité dans le métro. Je sais évaluer, quand un mec gueule tout seul, où il est, où il va, s'il est désespéré ou enragé... Ou les deux.

La folie rôde dans le métro comme les rats. Elle aussi elle se sent bien à son aise sous terre dans ce lacis de correspondances absconses.

Je sais qu'il ne faut pas se ruer sur une place vacante quand le wagon est plein, parce qu'il y a une probabilité forte qu'un clochard soit installé à proximité. Sinon quelqu'un aurait déjà profité de l'aubaine.

Je sais comment se soustraire aux frotteurs et sortir du wagon pile au moment où ça sonne, quand les portes se referment, afin de ne pas être suivie... Je sais comment faire la folle devant les fous. Parce que quand c'est toi la plus folle, tu es tranquille...

Je sais quoi...

Et puis surtout, ce que j'adore dans le métro, ce sont les conversations des gens. Malheureusement je me vois dans l'obligation désormais d'utiliser cette phrase à l'imparfait. Depuis l'arrivée des téléphones portables, qui se sont multipliés comme des gremlins sous la pluie, les gens ne se parlent plus. Ils écoutent de la musique. Ou des podcasts.

N'importe quoi.

Enfin non je comprends, mais combien de bribes d'histoires de gens du métro j'ai siphonnées, imaginant qui étaient ces gens, quel lien les rattachait entre eux... Quelle personnalité, quels traumas, quelle enfance... ? Qui sont ces gens, ce flot ininterrompu de gens qui ne sont jamais les mêmes pourtant dans le métro tous les jours à la même heure ?

Je sors du métro, étonnée qu'il fasse encore jour. Ça me fait ça chaque fois. Comme quand je sors du cinéma. Parce que dans le métro, comme dans les cinémas, c'est la nuit perpétuelle.

En marchant vers le garage, comme je suis divertie par les flots de lumière qui s'engouffrent vers ma rétine, mes yeux mettent un petit temps à s'adapter. À la faveur de cet aveuglement provisoire, un miroir m'attaque Ça fait longtemps que ça ne m'était pas arrivé tiens... Voilà ce que ça donne quand on baisse sa garde.

Un miroir tout con, dans la vitrine d'un magasin. Bizarre de coller des miroirs dans la rue quand même… Ça doit dater du temps où on croyait encore aux vampires. Je ne sais pas si ce temps a existé. Mais si oui, c'était en effet un moyen commode de s'assurer que les gens n'étaient pas des vampires.

Moi quand je dis que je me suis fait attaquer c'est pour décrire comment je me suis fait surprendre par un miroir dont j'ignorais la présence. Parce que quand on sait qu'on va passer devant un miroir, on se compose une tête, une attitude… Comme si quelqu'un d'imaginaire vous prenait en photo. Donc quand on est prévenu, on apprivoise le miroir par avance…

En revanche si on est surpris, on a une tête horrible, avec tous les traits du visage qui tombent, un triple menton conquérant, des cheveux de Playmobil…

Quand on est chez soi, c'est encore plus flagrant, parce que chez soi on sait exactement où on a positionné les miroirs, dans quelle lumière, lesquels sont les plus flatteurs, lesquels éviter. C'est en quelque sorte une petite danse qu'on engage avec son reflet au fil de son appartement.

Partout ailleurs on prend le risque d'être attaqué par un miroir qui vous renverra automatiquement une version boursouflée et momifiée de vous-même.

Dans la rue, sauf dans les anciens quartiers à vampires, c'est assez rare. Le pire c'est chez les gens. Sauf dans les salles de bains mais là vous constaterez que vous prendrez souvent l'option de ne pas vous regarder du tout, au risque de... Mais parfois on trouve une petite glace dans le couloir qui mène à la cuisine. Mais pourquoi faire ça ? Vous qui vous trouviez un peu fraîche pour ce dîner chez les Girard, vous venez de découvrir votre mère à la puissance trois dans le miroir du couloir.

C'est comme entendre sa voix, cette voix de golmon qu'on a, franchement c'est indécent...

Alors on s'en remet. Mais ça jette forcément un froid entre vous et vous... Pas top, surtout quand on a besoin d'une petite perf de confiance. Pour récupérer sa voiture. Chez le garagiste.

C'est clair immédiatement. Le garagiste a senti cette petite faille insinuée en vous. Alors il s'est peut-être pas spécifiquement dit : « Tiens cette femme vient de se faire attaquer par un miroir. » Mais il a senti l'odeur du sang. La biche blessée...

Bah oui.

Quand j'arrive en suant de la moustache, sans manteau parce que je l'ai laissé au bureau, sur des talons de cinq centimètres... La pire hauteur de talons. Ni fait ni à faire. Autant venir en baskets, madame, non ? Ah non l'Entreprise ne serait pas d'accord. Ou à la limite le vendredi pour le *casual wear.* Et même là...

Quand j'arrive comme ça donc, il est tout frétillant le garagiste. Il fait le paon. Non pas pour me séduire. Non, juste il voit qu'alors que sa journée est sur le point de finir il va enfin avoir l'avantage sur quelqu'un. Quelqu'un qu'il va pouvoir surplomber de toute sa superbe de garagiste aux ongles noirs qui s'y connaît en voitures. Lui.

Alors il m'explique tout par le menu. Et franchement c'est la pire torture sur le moment. Moment où en plus je viens d'enclencher un décompte pour récupérer mon fils à la crèche.

Désormais chaque minute compte afin de maintenir le bon déroulement de cette journée.

Les secondes résonnent dans mes tempes, et je sens une goutte de sueur se lancer en rappel entre mes seins. Je ne sais pas si c'est parce qu'il fait chaud ou froid. J'ai les deux à la fois. Je me sens comme une démineuse en train de désamorcer une bombe.

Oui, chaque minute compte...

Et lui il m'explique.

Il m'explique pourquoi ça ne marchait plus, pourquoi j'aurais dû venir plus tôt, pourquoi j'ai mal fait, parce que du coup ce problème relativement bénin a entraîné à sa suite une série de problèmes bien plus malins, eux. Mais heureusement il s'y connaît en voitures, la preuve il a les ongles noirs.

Donc maintenant qu'il m'a expliqué ce qui n'allait pas quand j'ai amené la voiture, il entreprend de m'expliquer ce qu'il a fait pour que ça aille mieux.

Ça dure des minutes en âge de chien. Il prend des temps de ministre pour bien poser son discours...

« Heureusement que j'ai pensé à remplacer la courroie, parce que sinon *bim* les essieux, et le système de refroidissement, c'est fréquent de toute façon les faux contacts sur ce modèle, j'ai que ça en ce moment... »

Et moi je veux crever. Je me demande si on peut mourir de la conversation la moins intéressante du monde ? Non ? Si ? Si, je pense qu'on peut se faire un anévrisme *a minima*...

C'est fini là ? Non ?

Non bien entendu, il me fait manger à la petite cuiller chaque étape de chaque réparation, aussi ténue soit-elle... J'ai l'impression qu'il a facilement gagné cinq centimètres depuis le début de son exposé.

Mais monsieur, moi si je porte ma voiture au garage, c'est marrant cette expression…, c'est justement parce que je ne sais pas faire, et que je préfère payer que d'apprendre, parce que je m'en fous mais d'une force, je m'en fous tellement que je saigne du nez, ça y est je le fais cet anévrisme bordel, mais vous voyez pas que je dois être à Blanche dans un quart d'heure, et avec la circulation à Paris…

Ouf je suis dans ma voiture, je mets le contact. Je m'engage pour sortir du garage. Dans le rétroviseur je vois le garagiste me faire de grands signes pour « m'aider à sortir » sans encombre du garage. Avec ses mains aux ongles noirs il m'indique de braquer, de contrebraquer… Vous le voyez ce geste que font les hommes aux ongles noirs, pour aider les femmes en talons de cinq centimètres à sortir de leur place de stationnement ?

C'est insupportable. Je ne le regarde pas. Parce que je sais manœuvrer une voiture. Alors il tape sur le capot, pour me montrer qu'il est en train de me montrer. Oui j'ai vu. Mais je m'en fous. Parce que je sais manœuvrer une voiture…

C'est un monde à part les hommes et les voitures quand même… Ça me donne envie de les planter dans la jugulaire. Avec mon talon de cinq centimètres ce ne sera pas chose aisée…

Il y a ceux qui te klaxonnent alors que tu as mis ton clignotant et que tu es dans la bonne file.

Il y a ceux qui te dépassent pour voir quelle tête tu as quand tu es au volant d'une voiture chère.

Il y a ceux qui font un grand arc de cercle à gauche avant de tourner à droite, comme s'ils étaient au volant d'un cinq tonnes.

Il y a ceux qui croient qu'ils ne « passent pas » quand une autre voiture est garée en double file dans la rue. Toi tu le vois qu'ils « passent » largement. Mais eux ça leur fait plaisir de penser qu'ils sont tellement imposants qu'ils ne « passent pas ». Tout ça a évidemment tellement à voir avec la taille de leur sexe.

C'est triste en réalité.

La circulation à Paris, c'est vraiment… Je suis passée en un clin d'œil du garagiste aux embouteillages. Je dois passer par la crèche pour prendre mon fils. J'ai désormais dix minutes pour accomplir cette tâche. Et là j'ai beau être dans le déni 88 % du temps, je le sais, ce n'est pas assez. Je ne vais pas y arriver. Même avec une circulation fluide je n'y arriverais pas, donc là, inutile de dire…

Un hippopotame vient de prendre place sur mon plexus. Ma respiration s'accélère et rétrécit en même temps, ce qui ne va pas ensemble. Je ne vais pas y arriver, alors que j'ai tout fait depuis le matin pour gérer un emploi du temps, finalement impossible à respecter. Et c'est maintenant que je m'en aperçois...

Je vais me farcir le regard méprisant de la directrice de la crèche, avec sans doute une petite remarque culpabilisante assortie : « On aimerait bien, mais on ne va pas pouvoir le garder à dîner, hein Hélias. » Et lui il aura son pauvre petit visage tout chiffonné, parce qu'il sera le dernier, et qu'il aura assisté à la cueillette d'enfants, récupérés un à un par des parents dévoués et investis. Eux.

La remarque encore je peux la prendre, parce qu'elle va me piquer mais que dans ma tête je pourrais lui dire qu'elle s'achète un menton avant de me parler comme ça. Parce qu'elle n'a pas de menton, c'est pour ça, et que de profil, on dirait une oie. Mais son regard, je ne vais pas avoir la force. Son regard qui exprime l'absolu dégoût que lui inspire ma personne. Son regard qui dit exactement tout le mal que je pense de moi...

Pourtant je n'ai pas voulu que ça se passe comme ça... J'avais un plan... J'ai même laissé ma veste devant mon ordinateur allumé. Je revois à ma veste désormais seule dans l'open space, ses manches vides flottant de part et d'autre de la chaise de bureau. Ça me remplit d'un coup d'une tristesse infinie.

Et je pleure sans y penser. Sans faire de bruit. Je pleure juste parce que ça déborde un petit peu.

J-1 – La voiture

Dans la voiture d'à côté, un homme impassible me regarde pleurer. J'ai honte, je me dissimule un peu. Hein, quoi, moi ? Non rien à voir je ne pleure pas haha n'importe quoi. Il continue à me regarder, avec une telle empathie que je me tourne vers lui de nouveau. Oui je pleure. Il a de grands yeux marron et un regard de labrador qui m'apaisent infiniment sans que je comprenne bien pourquoi. Il a l'air gentil. Il me fait une tête en haussant les épaules, qui dit : « C'est juste un embouteillage, ça ne vaut pas la peine de se mettre dans cet état-là... » Et puis à la fin il sourit et il retourne vers ses pensées à lui. Il a tout lu, il sait tout de moi, et je me rends compte que cet homme a davantage été là pour moi en vingt secondes que la plupart des gens que je connais ces derniers temps. Il a même maintenant la pudeur de détourner les yeux, pour me laisser pleurer tranquille. C'est un roi.

Évidemment mes larmes redoublent de vigueur devant ce constat.

Ça fait maintenant dix minutes que j'essaie de passer ce feu, et donc ce carrefour. Après ça devrait se dégager. Le feu est rouge pendant un an, et vert pendant une seconde. Enfin non, mais c'est l'impression qu'il donne.

Je pleure comme si ça allait arranger les choses. C'est absurde. Comme plein de choses qu'on fait quand on commence à manquer. Comme quand on n'a presque plus de peinture, on peint plus vite. Bon, ça sert à rien…

Une heure plus tard.

Ça s'est arrangé. J'ai eu le regard de Mme Menton de la crèche, mais ensuite j'ai attrapé mon fils, comme si je l'arrachais des bras de quelqu'un qui l'aurait kidnappé, et je suis rentrée chez moi avec lui et la voiture, tout le monde à bon port.

J'ai mis la voiture au garage sous l'immeuble, et mon fils dans le bain. Pas l'inverse attention. Et je lui ai cuisiné des brocolis, très sous-estimé le brocoli… Et un œuf, parce que c'est simple, ça va vite et c'est bon.

Il y a un avocat qui traîne au fond du bac à légumes dans le frigo, mais je vais le laisser là. Ça lui apprendra. Franchement pour le coup, l'avocat c'est surévalué. Déjà c'est un fruit apparemment… Mais de quoi on parle ? Pour qui il se prend lui ? Il est vert, ça devrait faire automatiquement de lui un légume. Point. Pas de débat. En plus tu ne sais jamais dans quel état tu vas le trouver en l'ouvrant. Tu t'attends à cette belle chair tendre et verte donc, que tu vois dans les pubs… Et en général, il est à moitié marron, plein de fils… Non, pas fiable du tout l'avocat…

En même temps que je fais dîner Hélias dans sa chaise haute, ses petits pieds qui battent la mesure à un mètre du sol, je lance une blanquette. Parce que sinon je vais le perdre ce veau, je l'ai acheté avant-hier… J'ai aussi un poulet remarque. Que je vais perdre aussi si je ne le fais pas. Mais bon vas-y le poulet ça met trois plombes à cuire…

Je sais !

Je fais la blanquette. Et ensuite, quand j'aurai mis le petit au lit, je cuirai le poulet. Pour le lendemain. Comme ça je ne le perds pas.

Bruit des clés. Fin de la fête. Il rentre. « Il y a quoi à manger ? Quoi ? Pourquoi de la blanquette, tu sais bien que j'aime pas ça ? Tu fais la sauce hyperliquide, ça donne la gerbe… »

Je Le sers. Il goûte. Rajoute du sel. Il goûte une nouvelle fois. Il va chercher une bouteille de vin au frigo, et se sert un verre. Je Le regarde. Il me sert un verre.

L'ambiance a changé. L'angoisse tourne autour de nous trois comme un gros bourdon qui cherche la sortie. Il regarde son téléphone à intervalles très réguliers.

« Et alors ta journée ? je demande.

— Bien et toi ?

— Alors écoute, pas mal… »

Il se lève avec son assiette et jette son contenu dans la poubelle. Puis Il se dirige vers les plaques. Il est de dos, mais assez vite je comprends qu'Il se cuisine des œufs.

Bon…

« Non bien… J'ai vu un arc-en-ciel… »

Il se rassied devant moi avec son assiette d'œufs brouillés. Je ne vais pas pleurer. Je ne vais pas me fâcher. Je veux juste chasser ce bourdon.

Alors je dis : « J'ai récupéré la voiture au garage. »

H+1
Non

Non je dis.
Quoi non Il répond.

NON. J'ai les paroles de la chanson de Diam's et Vitaa qui me passent en trombe dans la tête.
Non mais je rêve Mel/je l'ai pas vu avec elle/et c'était pas sa BM/non c'était pas cet hôtel...
Non.
J'ai un gros non dans la gorge que je crache comme un mollard.

Ça m'étonne hein attention. Parce que « non » c'est pas trop un truc que je dis. C'est plutôt un truc que je pense. Souvent. Mais en général, il reste là dans ma poitrine. Et à sa place, il envoie un « oui », un « d'accord » ou un « OK ».
Un bon petit soldat.
Mais là il n'y a rien à faire, c'est non.

Non c'est pas ma vie ça. Cet échantillon de catastrophe qui vient de m'être rapporté, ne peut pas appartenir à la trame de ma vie. Ça ne colle tout bonnement pas.

C'est comme une maille qu'on saute dans un tricot, ça va faire une échelle. Tout le reste va se détricoter. C'est débile.

Moi ma vie, c'est une vie moyen de gamme. Genre entre Zara et Sandro je dirais. Une vie pas forcément incroyable, sans anicroche notable. Une vie qui fait le job. Une vie qui ne restera pas dans les annales des vies. Une vie qu'on porte sans trop faire attention.

Ça oui…

Mais pas une vie trouée, tachée… Pas non plus une vie ultra-précieuse tricotée de cachemire et de soie, une vie qu'on doit porter au pressing parce qu'on ne peut pas la laver soi-même.

Non, j'ai beau essayer de me figurer la chose… Ce qu'Il vient de me raconter ne va avec rien de ce que j'ai. Mais alors là, rien du tout.

À la télé il y a une émission genre « complément d'investigation », le style de programme qui « enquête » (le mot est fort attention) dans les milieux interlopes. On y voit des flics, des voitures et des alcooliques.

H+1 – Non

Il a coupé le son, ce qui me semble malvenu finalement. Comme si l'information incroyablement dégueulasse qu'il vient de lâcher, Il voulait la claironner. Oui comme s'Il était fier presque. Comme s'Il voulait vraiment que rien ni personne ne vienne polluer la teneur de son discours.

Je chasse cette idée, parce qu'elle me glace. C'est qui ce mec à la fin ? Je Le regarde comme si je Le voyais pour la première fois. Plus rien n'est à sa place. Je Le fixe et je ne Le vois plus. Il est en train de fondre. Ce visage parcouru tant de fois avec les yeux, avec les doigts, avec la bouche… Comme un chemin qu'on connaît par cœur et qu'on réemprunte après un violent orage. Tout s'est emmêlé.

Ça me fait ça aussi parfois avec des mots de la vie courante. À force de les répéter dans ma tête en boucle à l'infini, ils ne veulent plus rien dire. À force de les projeter contre les parois de son crâne, on les a vidés de leur sens.

À la télé l'émission continue tranquillement. Sans le son. Elle n'a pas l'air de s'en offusquer. Bon après, même sans le son, on comprend ce qui se passe.

Et c'est là que c'est marrant étant donné les circonstances : ils passent des images d'accidents de la route atroces. Des accidents à base de voitures retournées, de gens à désincarcérer, de déflagrations qui partent en torche… Que des mots en « r », le son de la guerre, de la violence, de la rage.

Oui même sans le son on comprend. Carrément. Sans doute mieux même.

L'ironie de la vie…

Je me demande comment je peux être en train de me faire cette réflexion, avec ce qui vient de Lui arriver. De nous arriver. Et hop de m'arriver.

Un petit moment encore. Mon cerveau demande un répit, la dernière cigarette d'un condamné à mort. Dans l'hypothèse bien sûr où ce condamné à mort serait fumeur.

Alors je regarde la télé sans le son, qui vient, ironiquement donc, surligner l'accident dont je viens d'être indirectement victime.

Elle fixe l'écran de télévision.

Je crois que je ne cligne même pas des yeux. Je m'en aperçois parce qu'à un moment ça pique.

Ces émissions qui filment des cassos en détresse pour les montrer à d'autres cassos, afin qu'ils se sentent moins en détresse comparaison faite.

Et c'est là que c'est vraiment hilarant, parce qu'ici dans cette pièce ça ne marche pas. Rien de ce que ces images pourtant terribles racontent ne vient surpasser l'atrocité de ce qu'Il vient de dire. Ce soir, on remporte la coupe du pire, haut la main.

Non mais c'est une blague je dis.
Pas la meilleure blague Il répond.
Non c'est vrai…

Non.

Je vais aller me coucher, et demain ça ira mieux. Demain la lumière faible du matin éclairera cette horreur d'un jour nouveau. Je verrai sans doute des contours, des angles, des contrastes que je suis incapable de voir ce soir. Parce que je suis fatiguée. Je suis si fatiguée d'un coup mon Dieu, que j'ai l'impression que dormir va me fatiguer encore plus.

Oui demain va m'apporter une solution, parce que c'est comme ça que ça se passe chez moi depuis que je suis toute petite. Je m'endors avec la boule au ventre. Mais au matin j'ai trouvé une solution. L'inverse de cette débile de chèvre de M. Seguin qui se fait becqueter à l'aurore. N'importe quoi.

D'ailleurs ce n'est pas moi qui l'ai inventé. C'est ainsi que fonctionne le cerveau. Sur le moment il s'alarme. Par exemple vous venez de froisser l'aile de votre voiture contre le mur du parking.

Ça m'est arrivé en fait, il y a quelques années. Bon je sors et là je suis catastrophée : la peinture est arrachée, la tôle cabossée, on dirait qu'un grizzli a griffé toute la portière arrière gauche. Je rentre, je suis énervée, je me dis que ça va me coûter une fortune de faire réparer l'aile etc. etc. Et puis je dors... Et là au matin quand je récupère ma voiture, je m'attends à y trouver le grizzli, mais en fait, c'est déjà moins flagrant. Et si je passe un coup de chiffon, les rayures sont déjà atténuées, et puis c'est juste au-dessus des jantes, et au soleil on voit pas tant. Parce que le soleil c'est connu, ça écrase tout.

Et finalement les jours passant, je n'y fais plus autant attention. Et ainsi de suite. Jusqu'à ce qu'il me semble à un moment donné que la voiture m'a été livrée comme ça. Griffée par un grizzli...

Idem avec Toi. Combien de fois je suis tombée sur des textos, disons ambigus, sur ton téléphone. Alors que je ne les cherchais pas. Mais comme Tu ne te donnes même pas la peine d'être discret lorsque Tu découpes le contrat au canif, Tu t'en fous que je tombe dessus.

Parce que Tu sais sans doute Toi aussi comment le cerveau procède. D'abord la panique, la colère et le désarroi. Et puis les heures filant, il fait le tri, il câline et apaise. Et on accepte.

On va même parfois jusqu'à se dire qu'on a mal lu, mal compris, est-ce que ça ne nous arrive pas à nous aussi, d'utiliser le champ lexical de la grivoiserie pour rigoler entre amis, et de toute façon on n'a pas à lire dans les téléphones des gens. C'est personnel un téléphone quand même.

Voilà la réalité : le cerveau atténue au fil de l'eau, pour nous aider à supporter ~~les traumas~~ la vie.

Donc c'est ce qui va se passer là encore. C'est mécanique, mathématique, chimique même.

Mais pour bien faire son travail, le cerveau a besoin de toutes les données. Absolument toutes. Comme quand on crée une image par intelligence artificielle. Il convient d'être le plus précis possible, sinon on n'obtient rien de bon.

Je dois tout savoir.

Alors je commence.

Raconte-moi tout, mais alors absolument tout, dans les moindres détails, je dis.

Ben je t'ai dit, Il dit.

Redis je n'ai pas tout compris, je m'embrouille. Raconte. J'ai besoin de la chronologie.

Truc drôle, notable du moins : Il obéit. Il m'obéit. Je crois que c'est la première fois de notre vie commune. Même pour venir dîner, Il ne vient pas. Même Hélias a dépassé ce stade du refus des ordres. Pas Lui.

Ce soir Il s'exécute. Après nécessité fait loi, ça quand même tout le monde le sait.

1 – INT. BAR D'HÔTEL/CRÉPUSCULE

Il retrouve « Serge » au bar d'un hôtel de luxe. Les deux amis ne se sont pas vus depuis longtemps, car Serge a récemment déménagé à Londres pour des raisons professionnelles.

Ils sont heureux de se retrouver pour faire le point sur leurs vies respectives, et pour enchaîner les dirty martinis aussi.

Ils attirent les regards, ils sont plutôt pas mal, grands, belles mains bronzées, bien mis, ils parlent fort et rient avec une énergie totalement disproportionnée. Ils multiplient les regards avec de jolies jeunes filles.

Enfin surtout Serge bien évidemment, Lui, Il est marié… Haha.

La petite serveuse les drague. Ça L'amuse, elle est si jeune, avec son sourire plus large que son corps. Sa robe ondule, toute à la joie d'avoir été choisie dans les rayons par cette jeune fille à la silhouette souple et déliée, comme une écriture adolescente…

Le soleil se couche sur Paris. C'est splendide, tout le bar prend la teinte d'un spritz dosé à la perfection.

Il y a des soleils qui vont se coucher docilement sur le flanc en exhalant une petite vapeur rose, qui teinte à peine le ciel. Et ce soir non, le ciel est en guerre. Ce soleil d'octobre, il ne veut rien entendre.

Il descend à reculons, laissant de grandes stries violettes dans un bain de sang orangé.

Baignés de cette lumière, les deux amis peinent à imaginer qu'un jour ils ont eu froid. Il semble partout ce ciel, dans leurs verres, dans les yeux de chat de la serveuse ondulante, dans la paume de leurs mains. Tellement dingue ! Il a même pris une photo, regarde…

Je regarde.

Tu peux en venir au fait s'il te plaît ?

Oui OK pardon…

2 – EXT. BAR D'HÔTEL/NUIT

Il prend congé de Serge…

Déjà ? je dis…

Oui il devait se lever tôt demain matin, un avion pour Londres aux aurores.

Mais si tu m'interromps tout le temps on ne va pas s'en sortir…

Je suis pénétrée par un calme dont je ne me savais pas capable. Comme si une fine pellicule d'acier était venue contenir chacune de mes émotions, pour me permettre d'essayer de comprendre.

J'écoute tous les mots qui sortent de sa bouche. Je les pèse et je les classe. Je démêle ce que j'entends, aussi concentrée que lorsqu'on entreprend de désentortiller une fine chaîne en or au moyen d'une épingle.

Il continue…

Les deux amis sont passablement éméchés. Serge se commande un Uber. Il demande à son ami comment il compte rentrer. Il répond qu'il est en voiture. Serge s'étonne : tu as récupéré ton permis ? Oui, ment-Il. Mais fais gaffe, insiste Serge, on a pas mal picolé là quand même, prends un taxi, tu reviendras chercher ta caisse demain. Non, répond-Il, je suis mal garé je vais me la faire enlever. T'inquiète, je gère…

Alors que manifestement, tu gérais pas trop…

Il ne relève pas.

Je sens le mensonge partout sur lui, comme un setter irlandais qu'on vient de lâcher au matin d'une chasse à courre sent le gibier.

3 – INT. VOITURE/RUES DE PARIS/NUIT

Il est au volant de la voiture, avec effectivement un sentiment d'interdit assez délicieux. Retrouver l'odeur du cuir, le bruit feutré de la porte qui semble s'excuser de son fracas, le mécanisme automatique de conduite, les sièges avant chauffants… Toute une batterie de petits luxes, dont on n'imaginait même pas ressentir le besoin. Il adore les

Mercedes. Son père conduisait déjà une Mercedes. Et son père avant lui.

Il dit qu'il faudrait le payer pour conduire autre chose. Une BMW ? Ça va pas la tête ? Non ça fait parvenu. Une Audi ? C'est une sous-Mercedes… Une Aston à la limite… Mais bon… Il a moins confiance. C'est ça. Sa Mercedes c'est comme une maman… belle hein attention. La *milf* parfaite, sexy, toujours partante et fiable…

Ça c'est ce que tu pensais en prenant ma voiture, alors que tu n'as plus de permis ?

Oui.

OK… Et qu'est-ce qui s'est passé alors ?

Tout à son bonheur de se délasser les lombaires grâce au siège chauffant réglé au max… Ça doit pas être top pour la fertilité à ce qu'il paraît… Mais Il s'en fout, Il a déjà un enfant. Un fils. Ça Le fait sourire…

Tout à ce bonheur donc, Il allume la radio, et tombe sur Nostalgie. Ça Le fait redescendre d'un coup. Il se dit qu'il faut vraiment être une femme/sa femme pour se caler sur Nostalgie dans sa caisse, qui s'avère être… oui, une Mercedes.

En plus c'est France Gall. Non désolé, ça ne va pas être possible du tout.

Il se baisse vers le poste, ignorant un instant la route sur laquelle Il conduit pourtant à vive allure.

Silence.

Et ? Je dis.

Ben c'est là que c'est arrivé, Il répond.

Je fais un geste de moulinet de la main droite, afin de lui indiquer de continuer, mais également que je commence à m'agacer.

Oui alors là, le temps que je trifouille la radio, j'ai entendu un cri, et j'ai senti un gros choc sur la voiture, comme si j'avais roulé sur un truc, je me suis dit c'est quoi ?... Et on a compris que la voiture avait percuté quelqu'un... Et en partant dans le rétro j'ai pas vu grand-chose, juste une forme étendue sur la chaussée, mais je ne sais même pas si c'est quelqu'un...

On ?

Quoi ?

Tu as dit « on a compris », tu n'étais pas tout seul dans la voiture ?

Ah si j'étais tout seul, je t'ai dit que j'étais tout seul, alors là si, je le sais quand même...

Non je pose la question, c'est toi qui as dit « on ».

Oui bon tu peux imaginer que je suis sous le choc ? C'est compliqué à imaginer, ça ? Je vais dire des trucs incohérents dans les minutes qui viennent je pense...

Non en vérité ce n'est pas compliqué à imaginer qu'Il soit sous le choc. Je dépose immédiatement mon costume de Miss Marple pour tenter de Lui témoigner un peu de sollicitude…

Tu veux du café ?

Euh… Non pourquoi ?

Rien comme ça… Deux choses encore : tu es sûr que tu as renversé quelqu'un, ou tu n'es pas sûr ?

C'est important cette question je trouve, parce que ça va infléchir le cours de toute notre vie.

Oui je suis sûr…

Mais comme tu disais que tu avais mal vu…

Je suis sûr je te dis.

Et pourquoi tu ne t'es pas arrêté ? Ça aussi c'est assez crucial finalement… Je suis même étonnée que cette question fasse surface seulement maintenant dans mon esprit. On s'arrête non quand on a renversé quelqu'un ? Je ne sais pas, on n'apprend pas ça systématiquement à l'école ou à ses enfants ? Je pense que cela fait partie des choses que l'on fait sans avoir eu besoin de l'apprendre. Mais peut-être que je me trompe…

Je n'ai plus de permis, j'avais sans doute dépassé la limite autorisée pour l'alcool, ce n'était juste pas possible de me livrer comme ça, réfléchis…

C'est vrai que j'ai tendance à ne pas réfléchir, je me dis.

Sa réflexion me fait sourire. Réfléchis... Même là il cherche à prendre l'avantage. Et même là je le lui laisse. Ou feins de le lui laisser tout du moins.

Et attends, un dernier truc...

Ça fait trois questions, je croyais que t'en avais que deux.

Oui alors j'en ai trois finalement... Tu disais précédemment que des gens avaient assisté à l'accident ?

Ça je ne suis pas sûr à 100 %. Il m'a semblé voir un couple sur le trottoir, mais c'était peut-être trois cents mètres plus haut ou plus bas, j'avoue ça se mélange dans ma tête...

Je vais lui faire un café. Je m'en fous il va avoir un café que ça lui plaise ou non. Marrant ce réflexe de faire un café. On se lève ? Café ! On est fatigué ? Café ! Des gens viennent à l'improviste ? Café ? Une galère ? Café ! Un moment agréable en fin de repas ? Café ?

Je trouve qu'il faut faire du café. « Faire » c'est un grand mot, si tant est qu'insérer une capsule dorée dans une machine à café revienne à « faire » du café. C'est comme « faire » de l'essence, mais on a déjà abordé le sujet.

OK on en est à ce moment alors. Ce moment où on voudrait rembobiner son existence de quelques heures pour esquiver ce moment, précisément. Mais on ne peut pas faire ça. Il y a des moments qu'on se prend vraiment en pleine gueule. Il y a un avant et un après.

Il paraît qu'il nous arrive uniquement les événements que nous pouvons supporter au cours de notre vie. Mais moi je ne crois pas que je pourrais supporter ça.

Je tremble mais pas de froid. J'ai les dents qui claquent. Mon sang ne parvient plus à irriguer la totalité de mon corps.

J'ai peur en fait. Je pense à Hélias. J'ai peur de ce qui m'attend. C'est quoi la suite ? Moi je sais ce que je dois faire. Je dois protéger mon fils. Je ne peux pas envoyer son père en prison pour le restant de ses jours.

Oui je sais ce que je dois faire. Mais je ne sais pas ce que je vais faire. Il y a un monde entre devoir, pouvoir et finalement faire.

Ça m'a toujours fascinée ces conversations point Godwin, où les gens affirment qu'ils savent ce qu'ils auraient fait eux pendant la Seconde Guerre mondiale. Oh oui ils en sont certains, on les aurait trouvés du côté de la Résistance. Tous avec Jean Moulin !

Alors oui on aimerait bien avoir eu ce cran-là, mais on ne sait pas ce qu'on aurait fait, ou été obligée de faire… Peut-être qu'on serait tombée sincèrement amoureuse d'un officier allemand ? Ou peut-être qu'on aurait dû pactiser avec l'ennemi pour protéger nos enfants ? Ou simplement peut-être qu'on se serait laissé embrigader par les beaux discours des collabos, parce qu'on était faible et sous emprise…

C'est fou l'emprise.

Alors oui je sais. Mais c'est tout ce que je peux affirmer pour le moment.

Tiens j'ai fait du café…

Mais je t'ai dit…

Oui tu as dit, mais j'en ai fait quand même. Qu'est-ce que tu voulais faire d'autre ?

Je sais pas…

On fait quoi maintenant ?

Il hausse les épaules.

On attend ?…

M-1
Le déclic

C'est la rentrée. Des classes. Je ne suis jamais passée du calendrier scolaire au calendrier… je ne sais même pas comment il s'appelle… le calendrier normal, annuel, celui qui va de janvier à décembre. Non, moi, comme les personnes âgées qui tout au long de mon enfance s'obstinaient à compter en anciens francs, je suis restée attachée au calendrier scolaire.

Je me fais cette réflexion, tandis que je prépare le petit déjeuner d'Hélias, ce matin du 1er septembre. Premier septembre, c'est très satisfaisant cette date, rond et duveteux comme un poussin. Le début de quelque chose, comme une promesse…

La réflexion en question : c'est vrai que les vieux dans mon enfance comptaient encore en anciens francs, tandis qu'aujourd'hui plus aucun vieux ne compte en francs. Tout le monde est passé à l'euro comme un seul homme. Je n'en tire aucune conclusion finalement. Si ce n'est que peut-être l'humanité a progressé en adaptabilité. Voilà. Bon.

J'ai adoré ça, rentrer à l'école. La petite aventure sans cesse renouvelée année après année. Une odyssée en somme. J'espère que je serai dans la même classe que Julie. Pourvu que je n'aie pas Mme Martin en maths, parce qu'elle peut pas me saquer. Il paraît qu'ils ont mis des frites à la cantine le vendredi... Il y a un nouveau, c'est un redoublant.

Autant d'infos dont on se fout adulte, mais qui prennent toute la place dans la tête d'un enfant. On ne sait pas quoi, mais on sait qu'il va se passer « des choses » dans nos vies encore vertes. Tout est encore possible, là, à portée de rêve.

La rentrée c'était ça. Et c'était aussi l'odeur de Paris après deux mois de vacances dans le Sud. Revenir à Paris après une longue absence, c'est une des sensations que je préfère au monde encore aujourd'hui. Paris la sublime, qui vous toise de toute sa superbe, l'air de dire : « Ah te revoilà toi... c'était bien les cigales ? » Paris encore toute nimbée de sa lumière d'été défaillante, qui frissonne déjà un peu aux frimas du vent d'automne. Paris qui retrouve ses habitants, pas rancunière. Paris qui s'est faite belle pour nous, afin qu'on n'ait plus l'idée de la quitter jamais.

Tiens ils ont ouvert un Carrefour Market... Et ils ont terminé de ravaler l'immeuble d'en face, c'est joli tout propre. Les panneaux Decaux déroulent les affiches de nouveaux films. Il n'y a plus de cigales mais on entend les grillons dans le métro, alors ça va.

La rentrée c'est surtout l'école, et l'école sa première vertu c'est que ce n'est pas la maison. Il y a une microsociété qui grenouille là, avec ses histoires d'amour, ses trahisons, ses méchants et ses gentils, ses chagrins, ses échecs et accomplissements. Tout ce qui fait le sel des feuilletons américains. Mais là c'est comme si on était dans la télé. Parce qu'à treize ans on a que ça à faire. Ça et l'exercice 8 de la page 114, partie A et B en physique, on fera la partie C en classe...

Quand on a des enfants, ce qui est classe, c'est qu'on refait des rentrées, on repart pour un tour. Bon on ne participe que de loin, mais ça vous remet le goût en bouche.

Je suis très excitée à l'idée de cette rentrée, je voudrais que ça se passe absolument bien pour Hélias. Il a l'air OK avec l'idée. En tout cas il prend son petit déjeuner de bon appétit.

Souvent, je ne sais pas s'il est content ou pas content, et je suis assez inquiète de ça. Alors, je le sonde sans fin : Ça va ? Tu es heureux ?

N'importe quoi… Qui peut répondre tranquillement à ce genre de question ? Je ne fais que l'angoisser davantage. Mais je ne peux pas m'empêcher. Parce que ce que je voudrais c'est qu'il soit heureux dans son expression la plus parfaite. Complètement heureux. Comme une bulle de savon qui ne sait pas qu'elle est vouée à éclater. Heureux comme un imbécile heureux. Que rien ne vienne jamais ternir sa joie. Je sais que c'est impossible. Mais chaque égratignure, chaque chagrin d'amour, chaque déconvenue qu'il vivra me déchire déjà de l'intérieur. C'est comme ça. Je saigne pour lui. Et je sais que c'est idiot, parce que ça n'arrange ni ses affaires, ni les miennes. Mais c'est comme ça.

Ce matin je vais accompagner Hélias. Seule. Je Lui ai bien demandé de venir avec nous, mais Il a un coup de fil urgent à passer. À cette annonce, notre fils a simplement haussé ses petites épaules, et il est reparti en trottinant. Il faut dire qu'il trottine tout le temps.

Il était venu l'année passée, parce que c'était la vraie toute première rentrée d'Hélias. Là Il estime que le petit est rodé, en deuxième année de maternelle. Et puis il y a ce coup de fil urgent.

Elle lève les yeux au ciel.

Il a saisi l'agacement dans mon regard. Ça L'énerve. Je vais tout le temps TOUT Lui reprocher, c'est ça ? Il faut bien qu'Il travaille, non ? Elle est bien contente du train de vie qu'Il lui offre. Non ? Et le gosse il s'en fout que son père soit là ou pas, c'est bon.

Allez on est prêts nous. J'essuie une petite miette beurrée sur le coin externe de la bouche de mon fils. Je lui arrange les cheveux. Je me retiens très fort de ne pas enduire mon doigt de salive afin de terminer de le débarbouiller. J'ai un relent soudain de l'enfer que c'était, cette odeur de salive maternelle. Qui veut bien faire hein, attention. Mais berk en fait. L'odeur de la salive des autres c'est non. Cette odeur on ne la supporte que lorsqu'elle sort de la bouche de notre amant. Celle-là on l'adore, on pourrait la sentir jusqu'à l'épuisement, on la cherche même. Au creux de son coude, sur un petit coin de la couette…

Mais celle de notre mère, non. Donc je me retiens.

Il est beau comme une astre ce petit, comme disait ma grand-mère, alors qu'on est bien d'accord que c'est *un* astre ? Ça y est j'ai un doute maintenant… Bon pas grave. Attends je regarde dans Google, sinon je vais y penser toute la journée.

OK. C'est bien ça, c'est un astre. Un astre au passage, je lis la définition, c'est « un objet céleste ». Voilà c'est exactement ça.

Cet enfant, il est beau comme une astre.

Il a mis son gros cartable sur ses petites épaules, c'est adorable. Tellement imposant ce cartable, j'ai la sensation qu'il pourrait contenir toute la Voie lactée.

Elle sourit.

Oui je souris, parce qu'alors que je le ~~regarde~~ couve du regard il gambade allègrement devant moi, on dirait un T majuscule tout joyeux.

Les majuscules je me suis toujours dit que c'étaient les lettres les plus accomplies. Elles ont la conscience de leur importance à ouvrir les phrases. Ou à désigner un nom propre, et non un nom commun comme il y en a des flopées.

Devant, il y a foule. Le bâtiment n'a pas changé d'aspect depuis des temps immémoriaux. Il y a un pauvre bouquet délavé au-dessus d'une plaque, qui explique qu'ici, dans cette école qui ressemble à une maison dessinée par un gamin pas très doué, des enfants juifs ont été victimes de rafles durant la Seconde Guerre mondiale.

Personne jamais ne prête attention à cette plaque. Mais moi il me semble que cette plaque me regarde matin après matin. Alors je la prends en considération. C'est la moindre des choses il me semble.

La plupart des parents sont venus à deux. De plus en plus, les deux parents assistent à la rentrée. En maternelle, ils ne sont pas encore divorcés.

Sinon il y a aussi des mamans seules. Pas de papas seuls.

Désormais on peut accompagner sa progéniture jusque dans la classe qu'elle va occuper durant l'année.

Comme ça on peut rencontrer sa maîtresse (plus rarement son maître). Sa maîtresse qui sent la vanille, avec de grandes lunettes qui passent leur temps à glisser sur son petit nez tout piqué de taches rousses. Elle a quoi ? Même pas vingt-cinq ans. Encore toute enveloppée des rondeurs de son enfance à elle, embarrassée plutôt. Un peu pataude. Elle n'assume pas encore complètement qui elle est. Elle a fait maîtresse (d'école) parce qu'elle aime bien les enfants. Voilà le projet.

Ce matin elle est heureuse d'avoir mis une chemise fermée haut, qui soustrait ses énormes seins aux regards libidineux des papas. Et à ceux peu amènes des mamans. C'est ce qu'elle croit, parce qu'en réalité sa chemise peine à les contenir et l'espace entre deux boutons s'écarte comme un bec d'oisillon affamé. Elle ne l'a pas vu ça en partant ce matin. Elle le verra tout à l'heure quand elle se rendra aux toilettes. Et elle sera mal pour le reste de la journée. À cause de cette chemise, qui pourtant sur le cintre ce matin avait tout d'une alliée. Elle aura même des bouffées de honte dans son lit le soir, en y repensant inopinément. Les joues en feu des petites hontes du quotidien, qui s'insinuent en nous sans crier gare.

Elle s'appelle sans doute Agathe.

Agathe c'est un bon nom de maîtresse, embarrassée d'elle-même, jolie mais qui ne le sait pas, qui aime les enfants, mais eux ne se souviendront pas d'elle.

Moi petite, nos parents ne nous accompagnaient en aucun cas dans les classes. On nous récoltait devant la porte de l'école, sous le bouquet délavé. Ceux qui tentaient de s'accrocher aux jupes de leurs mères – pour le coup, pas de papas du tout à l'époque –, ceux-là étaient brusquement tirés vers l'intérieur de l'école. Allez, on dit au revoir à maman. Et sans pleurer. On ne pleure pas maintenant qu'on est un grand garçon. Enfin. C'est un monde.

Je les regarde entrer accompagnés de leurs parents. Et je voudrais moi aussi me jeter dans la cour de récré. La cour qui absorbe tous les soucis, la cour qui nous laisse être des enfants absolus, avec tout ce qui fait l'enfance. Un spectre qui va du Pantone poésie pure à celui de la cruauté la plus crasse. Où les émotions ont la pureté de la voix de Mariah Carey. Les bonnes comme les mauvaises.

Hélias a l'air parfaitement en adéquation avec ce nouvel environnement. La maternelle. Il s'essaye à de petites interactions sociales, parodie mignonne du monde des adultes. Chaque initiative de sa part est immanquablement suivie d'un regard coulé à mon attention, histoire de vérifier que tout se déroule selon le plan. Le grand plan censé l'emmener de bébé à grande personne, encadré par mes soins.

Je suis presque déçue qu'il prenne cette rentrée si bien. J'envie les mères vacillant sous leur enfant koala, en train de pleurer à fendre l'âme, produisant au passage des hectolitres de morve… En voilà une énergie renouvelable à l'infini, je me dis.

J'en suis donc là, à échanger des regards consensuels avec les autres parents, attendant grosso modo que ça se passe.

Et puis la maîtresse dit à la cantonade que c'est le moment d'y aller, à part si on veut rester avec elle le reste de la journée… haha… Blague. Pas du tout, on va y aller.

Et là il se déclenche. Hélias se met à hurler de douleur comme un petit loup à qui on ôte sa maman pour toujours. Il n'avait pas compris. Pas compris que désormais sa vie allait être un continuum d'instants qui viseraient à le détacher de moi un peu plus chaque jour.

Lire cela dans ses yeux me bouleverse instantanément moi aussi. Moi non plus je n'avais pas compris...

Alors je quitte la classe sans me retourner. Je longe le couloir avec les petites patères fixées à un mètre du sol, pleines de mini vestes bigarrées. Je descends l'escalier qui sent la craie et la cantine le plus vite que je peux, parce que je sens les sanglots enfler dans ma gorge.

Une fois à l'air libre, devant l'école, sous le bouquet délavé, je pleure moi aussi. Je pleure la vie si belle et si dure à la fois, la vie qui change à chaque virage, la vie qui ne prévient pas, la vie qui abîme en continu les plus doux d'entre nous.

Je m'assieds sur un banc, pour attendre d'arrêter de pleurer, et aussi pour que ça ne se voie plus. Je n'ai aucune envie qu'Il voie que j'ai pleuré, qu'Il se moque, qu'Il rapetisse ce moment qui n'appartient qu'à moi.

À côté de moi il y a une clocharde. Je n'avais pas fait attention, sinon je ne me serais pas assise là, mais à cet instant tout m'est égal.

Elle, elle voit très bien que j'ai pleuré.

Sans vraiment me regarder, elle me dit : « La rentrée, hein ? C'est surtout un gros chagrin pour les parents. » Et elle rit délicatement, en dissimulant sa bouche de sa main. Il lui manque des dents, mais quand nos regards se croisent, elle a le plus beau sourire de la journée.

Je dis « oui c'est vrai », et moi aussi je ris.

Et cette femme, à côté de laquelle je ne me serais pas assise si j'avais été d'une humeur composée, me donne la force de continuer ma journée.

Je pense encore à la couleur de ses yeux délavés comme le bouquet au-dessus de la porte de l'école maternelle quand je tourne la clé de l'appartement.

Il est là. Au téléphone. Sans doute le coup de fil important.

Oui sans doute, parce qu'Il me fait chut avec le doigt quand j'entre dans la pièce. Ce à quoi je réponds par un petit geste d'excuse, comme si je cherchais à me gommer moi-même, alors que je n'ai strictement rien dit.

En raccrochant Il semble de très bonne humeur. Il se met à parler très fort en me suivant dans les différentes pièces de l'appartement, alors que je m'affaire à ranger un peu ce que j'ai laissé en pagaille en partant ce matin.

Il me presse de questions. Alors ? Et cette rentrée ? Il a pleuré ? Haha, hé bé il a pas fini, ça ne fait que commencer hein… Les autres ils pleuraient aussi ? Son pote de square, comment déjà ? Oui Hugo voilà, il pleurait lui aussi ? Une belle bande de fragiles ces gosses, nous on aurait pris une tarte et fin de l'histoire… Tu vas pas travailler aujourd'hui bébé ? Ah tu as pris ta journée ? Qu'est-ce que tu dois faire, là ? Des courses ? Allez je t'accompagne, j'irai plus tard au bureau. Je dois acheter une bouteille de toute façon. Je t'ai pas dit ? Mais si je t'ai dit mais tu n'écoutes jamais. Ce soir je dîne chez mon boss…

Ah.

Nous allons faire les courses au Franprix à côté de la maison. Le Franprix est devenu un Carrefour Market, et la maison est un appartement, mais on comprend l'idée.

Nous sommes un peu empruntés, gênés l'un comme l'autre par nos présences mutuelles, dans la rue, un jour de semaine, sans notre fils, pour aller au Franprix.

Nous ne sommes ~~pas~~ plus habitués à la banalité de cet instant du quotidien. Même marcher côte à côte me semble bizarre. Rien de naturel là-dedans… Nos rythmes s'emboîtent mal, on se cogne. On ne sait pas quoi se dire. Le silence nous est pourtant insupportable. Alors on trouve un sujet de conversation coûte que coûte. Et on se coupe la parole, parce qu'on s'en fout en fait.

On dirait deux mauvais acteurs qui singent l'amour dans un mauvais film mal écrit et mal réalisé.

Dans le magasin, j'effectue quelques courses en pilote automatique : des steaks hachés bio, dont l'emballage est vert. Ça me fait drôle chaque fois, je trouve que l'emballage d'un steak haché sous vide devrait être rouge. Je hausse les épaules pour moi toute seule.

Je prends des pâtes aussi. C'est une pathologie chez moi. Je prends toujours des pâtes parce que je pense qu'il n'y a plus de pâtes, vu qu'on mange plein de pâtes. Et quand je range les courses je m'aperçois qu'il y a plein de paquets de pâtes déjà. Tout neufs. Si ça se trouve, on ne mange pas tant de pâtes en définitive.

Et une boîte de petits pois carottes, dont l'emballage est vert, et c'est bien. Là c'est légitime. Ça m'apaise vite fait.

Lui, Il a filé directement dans la section vins et spiritueux, située au fond du magasin.

Nous nous rejoignons à la caisse. Il a pris deux bouteilles, du vin naturel, un blanc et un rouge, iodé, minéral, sec mais fruité quand même… J'écoute en souriant. C'est sans doute une des choses qui m'intéressent le moins du monde. Les conversations d'amateurs de vin. Je bois peu il est vrai. Et quand je bois c'est pour tutoyer l'ivresse. Sans plus. Je n'ai jamais connu de black-out, je n'ai même jamais été malade de l'alcool. J'aime la simple caresse éthylique.

Pour autant je n'y connais rien, et je compte continuer à ne rien connaître. Tout me semble pareil dans les goûts du vin, un Carré de Vigne ou un château-margaux, c'est la même chose. Alors en parler…

Je passe les articles à la caissière. *Bip. Bip.* Je lui souris mais elle ne me rend pas mon sourire. Je comprends. Elle a dû prendre mon rictus pour de la condescendance et, d'ailleurs, peut-être n'a-t-elle pas complètement tort.

Lui Il est au bout de la caisse, sa carte Visa gold à la main. Il indique en se plaçant ainsi en tête de pont qu'Il dirige le moment. Il est le metteur en scène des courses. D'ailleurs Il va payer.

Il paie toujours, tout le temps et pour tout. Les gens autour de lui louent sa générosité. Au restaurant, en vacances, pour les anniversaires, sans aucun prétexte parfois. Il paie.

En réalité, il achète tout. L'amour, l'amitié, le respect, le pouvoir… Il se sent complètement autorisé, parce qu'il paie. L'argent lui confère un accès illimité à tout, que ce soit un hôtel cinq étoiles ou l'estime des gens. Il ne fait pas la différence. Il est fou.

C'est là que je l'ai eu le déclic.

C'est mystérieux comment cela se met en place un déclic. *Clic.* Ça commence par un bruit. *Clic.* Un bruit dans la tête. Quelque chose qui pète, qui refuse, qui n'accepte plus.

Je revois la scène parfaitement. Elle se déroule comme un tableau de Hopper. Les à-plats de couleur, la naïveté des traits, la lenteur des gestes… le *bip* des codes-barres. Soudain tout se passe au ralenti, les bruits étouffés. Je tiens dans ma main quatre yaourts nature, packaging blanc et bleu cohérent. *Bip.*

Et là trou noir.

Je dois partir, Le quitter. Il le faut, ça arrivera nécessairement. Je ne sais pas encore quand, ni dans quelles circonstances, mais c'est inéluctable. Comme la mort.

Tout se remet à fonctionner à vitesse normale. La sensation m'échappe désormais, comme un rêve qu'on ne parvient plus à reconstituer.

Mais le déclic a eu lieu. Comme une encoche au couteau sur un tronc d'arbre.

Je savais qu'il aurait lieu et je l'attendais. Est-ce que ce n'est pas toujours comme ça que ça se passe ?

Il y a quelques années, nous venions de nous rencontrer, nous avions la vie douce d'un jeune couple sans soucis et fou amoureux. Notre complicité faisait mal aux autres. C'était bien avant la naissance d'Hélias.

Nous étions partis quelques jours à Marrakech dans un de ces riads sublimes, qui sentent la fleur d'oranger, où on marche pieds nus dans l'herbe douce, sans cesse bercés par le bruit de l'eau qui coule.

Nous passions nos journées à la piscine. Et dans notre chambre lourde de rideaux soyeux.

Le soir nous allions au restaurant. Là, nous retrouvions d'autres couples de Français. Nous nous reconnaissions sans nous connaître, et échangions sourires de connivence et conversations de circonstance.

C'est délicieux la cuisine marocaine.

Oui c'est très fin.

Les tagines surtout sont exceptionnels ici.

Je crois que je préfère au couscous (murmures d'approbation).

Le dernier soir, par hasard, nous sommes tombés dans un restaurant un peu chic sur le couple qui occupait la chambre voisine de la nôtre. Je le notai mentalement puis passai à autre chose, à savoir mon amour à table à côté de moi.

Puis à un moment la femme s'est rendue aux toilettes. L'homme s'est penché vers nous – c'était des Anglais – et il a dit (en anglais donc) que ce soir il se sentait nerveux car il allait faire sa demande en mariage à Meg (la femme aux toilettes *a priori*). Il a dit qu'il s'appelait Ian. Puis il s'est levé et est allé parler au patron du restaurant.

Nous avons trouvé ça à la fois mignon et ridicule, rendus surpuissants par notre amour à côté duquel tous les autres paraissaient faibles et factices.

Nous dînons.

Au moment du dessert le silence se fait, puis une musique orientale très forte et entraînante se fait entendre d'un coup. Des vestiaires surgit une danseuse du ventre. Tout est parfait : ses yeux en amande, son sourire qui remplit la salle à lui seul, son petit ventre rond qui semble posséder une vie propre, ses cheveux comme un lierre.

Liane conquérante, elle se dirige vers la table de notre couple de voisins. Lui fait une tête qui semble dire : « Je me suis pas foutu de ta gueule, hein. » Il jette à sa future femme de petits regards à la dérobée, pour prendre la température de sa fascination. Puis il toise l'assemblée, fier comme un paon.

Ce qu'il ne voit pas, moi je le comprends immédiatement. Meg ne vit pas le moment comme lui. Meg est incommensurablement gênée. Il ne lui serait jamais venu à l'idée, à elle, de faire une demande en mariage armée d'un chippendale. Elle baisse les yeux, non pas de plaisir mais de honte. Ce qu'elle vit, je le reconnais.

Je sais que cela lui semble interminable. Et pourtant ce n'est pas fini. Non. La danseuse en amande au corps délié comme une flamme s'approche dangereusement de Meg. Elle lui fait signe de se lever. De se lever et de danser avec elle. Meg ne veut pas. Elle préférerait mourir que de se prêter à ce jeu qui amuse tout le monde sauf elle.

Mais lui la presse.

Enfin quoi…

On rigole !

T'es pas marrante…

Meg !

Meg !

Meg !

En overdose d'embarras, Meg finit par se lever et effectuer quelques gestes saccadés, parodie pathétique de danse orientale.

Et le regard qu'elle pose sur Ian à ce moment-là, je le vois pour la première fois mais il ne quittera plus mon esprit : c'est le regard du déclic.

Le déclic de « je ne vais pas terminer ma vie avec ce pauvre type ».

H+3
L'enfant

Je me lève et me rassieds à plusieurs reprises. Je ne sais pas pourquoi. De toute façon, je ne cherche plus à contrôler quoi que ce soit chez moi. J'ai l'image d'un chien qui tourne et vire plusieurs minutes avant de se coucher.

Étude de chien, Francis Bacon, Tate Gallery, 1954.

Personne ne demande au chien pourquoi il fait ça. Il le fait c'est tout. C'est le mystère du mouvement. Moi c'est pareil. Je me sens comme une bouteille en plastique qu'on serait en train de remplir avec un jet d'eau trop puissant.

« Tu veux pas t'asseoir une bonne fois pour toutes ? Tu me donnes le tournis », Il me dit.

Mais je n'obtempère pas. À la place je reste debout pour de bon. Face à Lui. De toutes mes forces.

Je ne peux plus m'asseoir. C'est trop tard. Je suis envahie par un sentiment que je ne connais pas. Un torrent furibond, qui charrie de gros cailloux. Un torrent sourd et aveugle qui ne fait pas de quartiers, qui emporte tout sur son passage, des jeunes figuiers aux racines peu profondes, des nids enchevêtrés sur la berge. Tout.

C'est la colère. Du moins je le crois. J'en ai vu de la colère. J'en ai entendu parler. Toujours en mal.

Je ne suis pas de celles qui se mettent en colère. Je suis de celles qui font une crise d'urticaire, mais qui gardent le sourire en toutes circonstances. Je ne fais pas peur.

J'ai le curseur de la colère au mauvais endroit. Un défaut de fabrication. Souvent je ne comprends qu'après qu'une situation aurait dû m'énerver. La non-considération, le manque de respect ou même la violence, c'est souvent quand je les relate que je comprends : « Ah oui là franchement j'aurais dû réagir. » Et encore si je suis parfaitement honnête, ce sont souvent les gens à qui je raconte ce qui m'est arrivé qui réagissent à ma place…

« Oh là là, mais comment tu as fait pour garder ton calme ? Moi je l'aurais monté en l'air ce débile. »

Quand on me dit ça je ris un petit peu, un petit rire gêné derrière ma main. Ce n'est pas une force d'avoir gardé mon calme, c'est un défaut de ne pas m'être énervée. Je trouve. Mon défaut de fabrication.

Car enfin il faut savoir s'entourer d'une petite brume de colère, comme on délimite son jardin au moyen d'un enclos. Pour se protéger au moins.

Non seulement je n'ai pas de démarreur de courroux, mais surtout je ne sais pas comment ressentir la rage.

Chez les autres j'admire un peu les débordements de colère (parce que je ne sais pas faire), tout en les méprisant (parce que c'est un peu vulgaire au fond).

J'envie celui qui renvoie son assiette au restaurant parce que « J'avais dit bleu le steak, pas à point ».

Celle qui réagit au quart de tour : « C'est à moi que tu parles comme ça ? »

Celui qui dit ~~pardon~~ « J'étais là avant vous » dans la queue infinie de la poste à 17 heures.

Ceux-là sont écoutés, craints presque, parce qu'on entend s'entrechoquer les cailloux de la colère sous leur manteau social.

C'est pourquoi je m'étonne de l'entendre bouillir chez moi ce soir face à Lui. Je savoure aussi surtout.

C'est vrai que c'est mieux dehors que dedans ce jus noir.

Là je me sens ferme sur mes appuis et je Lui balance tout. En tout cas tout ce qui me vient à l'esprit. Les mots affluent. Je m'empare des premiers qui arrivent à la surface, rien n'est classé par thème, tout vient en désordre. La ponctuation n'est pas invitée. Les idées se poussent les unes les autres, jouent des coudes, quitte à arriver amochées. Mais qu'importe.

Les mots se faufilent comme s'il leur était vital de se présenter en premier, comme si on allait fermer les accès. C'est puissant, fort, presque joyeux.

Ces phrases qui sortent à la va-comme-je-te-pousse, sans logique apparente, propulsées dehors par une force inconnue jusque-là. Ma fureur est un grand carnaval. Et toute sortie est définitive.

Mais tu es malade tu prends la voiture tu n'as même plus de permis tu te crois au-dessus des lois ou quoi tous les soirs tu sors sans moi tu me laisses m'occuper du petit toute seule oui toute seule j'ai l'impression d'être seule à deux c'est le pire cette solitude accompagnée tu me fais vivre un enfer tu me trompes ne nie pas je le sais je le sens partout sur toi tu me fais me sentir minable en permanence dans tes yeux je suis moche je suis conne je n'ai absolument aucun intérêt je m'éteins tous les jours un peu plus je suis pleine de poussière je n'ai plus de force je voudrais être admise à l'hôpital pour souffler partir mourir pleurer pour commencer

Il se lève, me prend dans ses bras. Cela fait si longtemps. Mon corps se surprend à s'abandonner au plaisir de cette étreinte fugace. Je pose ma tête au creux de son épaule si parfaitement conçue pour épouser la forme de mon crâne.

Il me comprend. Il faut que je me calme. Il a merdé. Il est désolé. Dé-so-lé… Il est con en ce moment. Le stress au boulot. La mort de son père. Il vieillit, Il le sent bien. Il a peur. De mourir.

Je me demande d'où sortent toutes ces excuses. Il en a une ribambelle, qu'Il extrait sans l'ombre d'une hésitation d'un puits apparemment sans fond.

Je ne Le plains pas. Je me dis qu'Il a de la chance d'avoir le temps. Le temps d'avoir peur de mourir.

Il m'enchaîne désormais sur le thème du couple, de l'équipe. Il est heureux de m'avoir. Lorsque des circonstances aussi pénibles se présentent, c'est précieux d'être deux. On est là l'un pour l'autre et c'est tout ce qui compte...

Il parle.

Il parle.

Il parle.

Et la machine se met en marche. Mon cerveau pétri comme une pâte à pain. Mais pour une fois j'en ai la conscience. C'est fou à observer. La façon qu'Il a de me retourner.

D'habitude je suis énervée contre lui quand il n'est pas là. Pour des raisons diverses, allant d'une carte d'hôtel de luxe à des préservatifs. Tout ça retrouvé dans une de ses poches.

Et puis Il arrive. Il me regarde avec sa façon bien à lui. Il pose ses yeux partout autour de moi, comme s'Il me découpait en suivant les pointillés.

Et puis Il me parle. Et c'est comme un chant. Je n'isole aucun mot, je ne comprends aucune phrase. Ses mots, son intonation, ça tourne et ça vire. Et ça m'hypnotise. Et ça dissout mon tourment, comme par enchantement. J'ai beau chercher, je ne le trouve plus nulle part, c'est quand même un monde, ça se voit quand même un tourment au milieu de la pièce, non ?

Mais ce soir c'est différent. Ce soir ça ne marche plus. Ce soir, je suis en colère pour de vrai.

Alors je continue à Lui crier dessus. Parce que j'ai aimé ça la première fois. Et aussi parce qu'Il ne me fait plus peur.

Il ne m'a pas fait peur dès le début de notre histoire. Pas du tout même. Il m'admirait tant. De tout son souffle.

Son admiration était si douce, un onguent si réparateur sur une âme si abîmée, que j'y ai immédiatement pris goût. Je ne pouvais plus m'en passer. Et donc je cherchais son admiration, comme on cherche un interrupteur dans le noir. On sait vaguement où il est, et on finit toujours par le trouver.

Et puis je ne sais pas, je me suis mise à me contenter de son approbation… Et moins Il m'en donnait plus j'en voulais, comme un chiot après sa croquette.

Puis finalement l'estocade, fini les caresses et bonjour les tapes sur le museau. Je suis toujours sur l'allégorie du chiot. Ce n'étaient pas de véritables tapes, Il n'a jamais levé la main sur moi. C'étaient des remontrances, des rebuffades, de l'ironie, des critiques, et oui des insultes aussi.

C'est là que j'ai commencé à avoir peur. Sans trop m'en rendre compte. J'ai compris au fil des jours, en L'entendant rentrer le soir, clé dans la porte, clé jetée dans le vide-poche en étain, toussotement de fumeur... J'ai compris que le sentiment qui s'invitait dans mon ventre serré, c'était la peur.

La peur de ne plus Lui plaire. La peur de Lui déplaire.

Mais ce soir je n'ai plus peur. Je ne conçois même pas que j'aie pu avoir peur un jour. De Lui. Lui qui me semble si petit là devant moi, dans ses petites baskets, avec son jean et son sweat à quarante ans passés. Il m'apparaît comme un faux jeune minable. Tout semble fuir chez lui, même son menton.

Alors je crie encore. Et c'est comme si je criais pour la première fois de ma vie. C'est peut-être la première fois d'ailleurs.

Je crie comme un bébé qui vient au monde, pour conjurer ma douleur, pour me venger, venger tout le monde de l'injustice.

Je ne sais même plus pourquoi je crie.

Il est interdit. Jamais je ne me suis comportée ainsi en sa présence. Je me croise dans le miroir, le visage grimaçant, les lèvres humides de postillons, les yeux orange sanguine. *A priori* pas belle à voir. Mais moi je me trouve magnifique à ce moment-là, parce que ce que je récolte dans ses yeux... haha... c'est la peur mon ami. L'arroseur arrosé.

Il a peur parce que je ne joue plus le jeu. Il trouve que je suis folle. Le retour de la folle... Mais ce soir Il ne me le dit pas.

Ce soir Il ne dit pas sa phrase : « Mais tu es folle ma pauvre fille. »

Je suis folle quand je ne suis pas d'accord avec Lui. Il aurait aimé dire que je suis bête, mais il se trouve que je ne le suis pas. J'ai fait plus d'études que Lui. Il n'en a pas fait du tout. Il s'est fait tout seul. Moi j'admire cela. Mais Lui cela le complexe énormément.

Je ne tire aucune fierté particulière du fait d'avoir poursuivi de très longues études. J'aimais ça. Et puis c'était un moyen de rester cachée aux yeux de la vraie vie. Une façon de retarder le moment de monter sur le ring. Je ne pense pas que cela m'ait rendue particulièrement intelligente, j'en ai juste l'étiquette collée sur le front. Je suis comme un poulet Label rouge. À cause de cela les autres sont amenés à penser que je suis plus futée que la moyenne. Lui en tout cas.

Donc lorsque je ne suis pas d'accord, sur un sujet d'actualité par exemple, ne pouvant dire que je suis idiote, il se replie sur folle. Franchement c'est hyperpratique et ça va avec tout.

En gros c'est assez simple... Je suis folle dès que j'esquisse un pas de côté.

Quand je ne joue pas ~~le~~ son jeu.

Quand je ne collabore pas.

Quand je ne suis pas douce.

Je suis folle quand je m'habille avec beaucoup de couleurs.

Je suis folle quand j'oublie d'acheter le lait.

Je suis folle quand je ris au téléphone avec une amie.

Je suis folle quand je mange toute mon assiette de blanquette et que je me ressers.

Je suis folle quand je me maquille beaucoup. Ou pas du tout.

Je suis folle quand je conduis...

Je ne sais pas trop quoi en penser. Parfois je trouve que ça va. Et parfois je trouve qu'Il a raison. Plus exactement je commence à avoir des soupçons. Car qu'est-ce que c'est être folle ? Est-ce qu'il y a un symptôme précis qui devrait nous alerter ? Est-ce que c'est quand NOTRE réalité ne se juxtapose plus du tout avec LA réalité ?

Et puis surtout les fous ne le savent pas qu'ils sont fous, si ? Et si je l'étais devenue ?

H+3 – L'enfant

Un soir il y a quelques années, Hélias devait avoir quatre mois, Il jouait à la Playstation dans le salon, sans doute avec Serge tiens...

J'étais partie me coucher parce que j'étais épuisée. Épuisée par ce bébé qui m'avait pris toute ma force, mon sommeil et mon calcium. C'est Lui qui m'avait dit d'aller au lit. Je Le trouvais encore très prévenant à l'époque.

Nous étions un jeune couple qui venait d'avoir un bébé, tous les deux jetés dans l'océan déchaîné d'une parentalité toute neuve. Et nous formions une équipe.

Ce soir-là, Hélias s'était miraculeusement laissé endormir assez tôt, vers 20 h 30. J'avais passé la journée avec lui, essayant de suivre son rythme, et de m'en créer un à moi. Mais ça ne fonctionnait jamais. Je l'avais mis à la sieste. J'avais posé son petit corps lourd de fatigue, déjà accablé par sa courte vie. Ses yeux mi-clos, je l'avais changé, puis déposé dans son berceau. J'avais ensuite quitté la chambre à reculons, évitant les lattes du plancher susceptibles de faire du bruit. Puis j'étais retournée dans le salon, j'avais baissé le son de la télé et mis mon téléphone sur silencieux. Et j'avais attendu. Quoi ? Je ne sais pas. Qu'il se réveille ? J'avais un peu de temps devant moi. Posé sur la table basse du salon, un livre que j'avais entamé avant la naissance d'Hélias et que j'avais envie de continuer.

Mais voilà, si je commençais à lire et qu'il se réveillait, je serais brisée dans mon élan. Et si je ne m'y mettais pas maintenant, j'aurais perdu un temps précieux de lecture. Ce petit dilemme ridicule suffisait à gripper toute ma chaîne décisionnaire. Alors j'ai attendu sans rien faire.

Finalement Hélias avait dormi plus de deux heures. Et moi j'avais perdu deux heures de lecture.

Quand il a pleuré en se réveillant, j'ai ressenti une immense frustration.

Ce jour-là donc, je n'avais même pas eu le temps de me doucher. Je traînais dans un de Ses joggings XL, qui me donnaient l'impression d'être une petite femme fluette, et non un crapaud assis sur les plis de son ventre.

Puis Serge est arrivé avec un autre gars que je ne connaissais pas. Un collègue. Fabrice ou Francis je ne me souviens plus. Mais pas Frédéric. F en tout cas, sûr.

F mâche toujours du chewing-gum parce qu'il fume et croit qu'on ne le sent pas sur lui, ce qui n'est pas le cas. Il y a énormément de gel dans ses cheveux, car il pense que s'il parvient à les dompter, il sera aux commandes de sa vie et les gens lui obéiront. Il ne se dit sans doute pas les choses comme cela, mais c'est un message qu'il envoie au monde. Ses cheveux sont pour lui un sujet, et il doit passer un certain temps devant son miroir le matin, armé de son gel et d'une grande patience. Sans doute qu'il déplace une mèche derrière, puis une sur le côté, comme un canard se lisse les plumes. Quelqu'un qui serait avec lui dans la salle de bains ne verrait pas la différence entre avant ses retouches et après. Mais pour lui ça change tout. Il se voit avec ses yeux à lui. Il ne tolérerait pas de sortir sans avoir aplati les cheveux de chaque côté de son crâne. Pour nous aucune différence, tiens salut F, ça va ? Mais pour lui les cheveux bouffant sur les côtés, ça lui fait la tête de son père. Son père tellement falot qu'il se faisait marcher sur les pieds par la terre entière. Son père qui fumait toute la journée pour oublier qu'il n'existait pas ou si peu. Son père mort dans l'indifférence totale, sept personnes à son enterrement. Non décidément il faut plaquer ces cheveux ridicules...

Sinon F porte des jeans serrés sur de longues jambes malingres. Ses chaussures à bout trop pointu achèvent de lui donner cette dégaine prétentieuse d'agent immobilier, qui va chercher à vous arnaquer mais dans le respect.

Directement je ne l'aime pas F.

Serge en revanche me fait rire, il est gentil avec moi, il me demande comment je vais, si ce n'est pas trop dur avec le bébé.

Non non ça va.

Petit rire aigrelet.

Et puis Il a commandé des pizzas. Plein de pizzas, pepperoni, reine, quatre, non cinq fromages. Sur la table basse, c'est rouge, jaune, luisant et joyeux comme les années soixante-dix. Et ça sent bon. Des pizzas avec la pâte du bord remplie de fromage. Je trouve que c'est la meilleure invention du monde sur le moment, d'avoir fourré le tour en pâte de fromage industriel. Elles arrivent chaudes pour une fois. C'est un délice.

Un délice de se gaver comme des Romains (à l'époque) de pizzas chaudes et de Coca froid, en faisant des blagues, avec la télé qui diffuse une téléréalité en sourdine.

Tous les voyants au rouge. Le goût délicieux de l'interdit. Sans arrière-pensées pour une fois... On verra demain.

Je passe un moment très agréable pour la première fois depuis la naissance d'Hélias. Qui en plus dort du sommeil du juste, pendant que je rigole dans le salon. Tout glisse.

Et puis Il roule un joint. Il fume des joints, pas beaucoup, un ou deux le soir. Pour dormir. Souvent Il me propose de tirer une latte. Et je le fais moyen convaincue. Ce n'est pas trop mon truc mais c'est vrai que ça me fait rire et que ça détend.

Ce soir c'est Serge qui me propose le joint. Je dis OK, parce que c'est bonne ambiance. Trois petites taffes et puis s'en vont. J'ai très vite envie d'aller me coucher, d'ailleurs Il me le dit gentiment va te coucher ma chérie tu as l'air crevée.

C'est vrai. Je me suis mise à bâiller, ou plus exactement je réprime une salve de bâillements. Et c'est bête, parce que qu'est-ce qui donne plus une tête de débile que de contenir un bâillement ?

Je vais me coucher. Je lis mon livre. On dirait l'ouvrage de Pénélope, la femme d'Ulysse, ce livre. Sauf que je n'attends (plus) personne. Je m'endors sans m'en apercevoir, le livre ouvert à la même page depuis six mois.

Je suis réveillée par des pleurs. De petits pleurs qui parviennent à mes oreilles sur la pointe des pieds. Depuis le salon j'entends par bribes les cris de satisfaction et les rires des hommes occupés à jouer à la Play. Fifa ? Ils n'ont certainement pas entendu Hélias pleurer…

Alors je me lève et j'y vais. Dans la pénombre, je m'approche du berceau. J'aperçois son visage couvert de larmes, son petit corps animé de mouvements erratiques, comme seul un système nerveux central débutant en produit. Je touche légèrement sa joue : elle est brûlante. Je me dis que je vais lui donner une dose de Doliprane. C'est le Doliprane des bébés : une espèce de gelée rose, goût fraise *a priori*, qu'on doit extraire du tube à l'aide d'une pipette graduée en kilos. Je tire sur la grosse seringue jusqu'à arriver au 7, le poids de mon fils. Assez fière de moi, d'avoir réagi au quart de tour et de posséder le médicament approprié, je le lui administre.

Mais là, au lieu de téter docilement la potion salvatrice, il se met à tout recracher en hurlant. Sa grenouillère se macule de rouge. Il vomit ? Du sang ? Je suis tirée d'un coup de ma béatitude de mère exemplaire.

Paniquée je cours au salon et je bredouille que le petit, il y a un problème, le sang, du sang partout.

Alors Il se précipite dans la chambre, allume la lumière et me demande ce qui s'est passé. J'explique le Doliprane. Le sang encore. Il se tourne alors vers la table à langer et me tend un flacon de Mercurochrome, avec la pipette encore dedans.

Ce n'est pas du Doliprane que je lui ai fait boire.

Là Il reste calme, et appelle le centre antipoison. Je suis soulagée, Il a pris les choses en main. Il explique posément au téléphone ce qui s'est passé, m'interrogeant parfois du regard, afin d'être certain de bien relater le cours des événements. Le vent fou qui tourne en moi s'apaise. La vision du sang rouge s'atténue.

Le verdict tombe et moi aussi : tout va bien, ce n'est pas grave. L'enfant a recraché car le goût du Mercurochrome est atroce. Mais il ne risque rien.

Il ne faudrait toutefois pas pour autant que ça devienne une habitude haha.

Guerre et paix en dix minutes.

Je calme Hélias, je le lave et je le couche. Recouche. Il s'endort comme une pierre.

À mon tour je retourne au lit.

Et c'est là qu'Il a planté sa flèche. Très habilement. Droit au but.

Sur le chemin de la chambre :

« Mais tu avais fumé beaucoup finalement, fais gaffe quand tu es avec le petit. »

Je n'ai pas dormi après cette réflexion. La culpabilité a enfoncé ses doigts loin dans mes orbites. J'ai cru que je ne m'en remettrais pas, jugée évidemment coupable au tribunal des mères parfaites.

Ce soir-là Il n'a pas eu besoin de le dire. C'est moi qui l'ai pensé toute seule…

Mais tu es folle ma pauvre fille…

Heureusement au matin un petit miracle s'est produit : mon amie m'a appelée. Elle a tout de suite senti que j'avais pris un mauvais coup à l'âme. Je lui ai tout raconté cliniquement d'une voix blanche. Et là elle m'a ~~dit~~ sauvée : « Tu sais ceux qui se trompent, ce sont ceux qui font. » Alors oui, effectivement…

Maman ?

Je m'interromps immédiatement. Je reviens dans mon corps, dans le salon, ce soir. Le soir de l'accident.

Fini de crier. Envolée instantanément la colère.

C'est mon fils.

Il se tient si petit dans l'embrasure de la grande porte du salon plein de moulures. Depuis combien de temps est-il là ? À quoi a-t-il assisté ? Qu'a-t-il entendu ?

Lui me regarde les yeux pleins de reproches.

J'ai encore réussi à traumatiser cet enfant, je me dis…

Hélias mon chéri tu ne dors pas ? Papa et maman se sont fâchés, ça arrive parfois ce n'est pas grave, c'est comme ça les grands mais ça va passer, on est désolés que tu aies assisté à ça. Ça fait longtemps que tu es là ?

Je me suis agenouillée devant lui, et je constate que de sa hauteur il a dû assister à une espèce de scène de guerre. Les cris, la rage, les grimaces… La haine, c'est le vent qui souffle sur le brasier de toutes les guerres.

On voudrait défaire, mais on ne peut plus. On voudrait effacer, mais on ne peut pas. Il n'y a rien à faire qu'à appuyer sur pause et raccompagner ce petit dans son lit.

H+3 – L'enfant

On aura du mal après ça à lui faire avaler que sa chambre n'est pas peuplée d'une armée de monstres.

Je reviens je dis.

A-4
La naissance

La naissance d'un enfant, ça ne change rien, ça change tout, les avis divergent. Mais bon, on peut tout de même imaginer que le fait de se dupliquer engendre une forme de transformation. Moléculaire du moins.

Je n'en voulais pas particulièrement, d'enfant. Je n'en voulais pas pas non plus attention... La maternité c'était chez moi une zone neutre comme la Suisse. Ni oui ni non.

La pression était tellement forte de la part de mes parents, de mes collègues, de mes amis déjà parents, que je me suis mise à me dire que oui j'en voulais des enfants bien entendu enfin vous me prenez pour qui ?

C'est drôle comme les gens ont envie que les autres aient des enfants. Cette volonté grégaire de vouloir convertir tout le monde à des valeurs auxquelles on croit moyen.

Donc bon oui, bon an mal an, disons que j'en voulais. Des enfants. Un déjà.

Mais au fond de moi je n'ai jamais réussi à savoir si finalement cette envie sourde avait commencé à poindre à la surface de ma conscience. Ou si beaucoup plus prosaïquement, je n'avais pas eu le courage d'assumer que je n'en voulais pas.

C'est sans doute pour cela que quand on a décidé de faire couple Lui et moi, Il avait très envie d'un enfant. C'était Lui le moteur de la maternité. J'avais délégué la question du choix au futur père.

Et puis je me disais que mon corps serait mon allié. Mon ventre saurait s'il fallait accueillir une nouvelle personne. En somme j'allais arrêter de prendre la pilule, et soit je tomberais enceinte, soit non.

Il se trouve que ça a marché plutôt très vite. Je me suis alors convaincue du fait que j'avais toujours voulu un enfant moi aussi.

Pourtant il me restait des doutes quand même.

Une fois j'étais chez Picard un été de canicule. Je m'étais réfugiée là pour prendre le frais. Et je n'étais pas seule à avoir eu cette idée, car là se trouvaient également une maman et ses deux petits, tous les deux rouges et hirsutes, épuisés et sans doute angoissés par cette chaleur incongrue. J'avais mes écouteurs, mais j'entendais au travers les petits hurler. Au fil des rayons, éperlans frits (*what ?*), purée de carottes en bâtonnets, fonds d'artichauts, mousseline de pommes de terre... je croisais son regard, qui oscillait de bas en haut : fâché en bas, sourcils froncés vers les enfants et désolé en haut, sourcils levés vers moi...

Elle m'a fait tant de peine cette femme.

Alors prise d'un doute, et sans doute très désœuvrée en août, j'avais appelé ma mère pour savoir quel était l'intérêt d'avoir un enfant. La question lui a semblé malvenue, sans doute parce qu'on ne devrait pas parler d'« intérêt » lorsqu'il s'agit d'un être humain.

Bref une fois évacuée la question philosophique concernant la maladresse avec laquelle j'avais formulé mon interrogation, ma mère a longuement hésité.

Puis elle a redit : « Mais enfin tu ne peux pas demander ça ? »

Moi j'ai dit : « Si carrément je peux, regarde je te le redemande. C'est quoi l'intérêt d'avoir un enfant ? »

Alors elle a balbutié quelques mots. Pardon ça coupe dans le Picard. Et elle a conclu : « Oh là là, mais enfin c'est formidable c'est tout. »

Avec cette tirade qui ressemblait davantage au titre d'une revue de french cancan qu'à un mantra, j'ai décidé d'abréger ses souffrances comme les miennes.

J'ai dit merci maman.

J'ai raccroché.

Et je suis sortie du Picard dans l'enfer asphalté de Paris en août.

Plus tard quand je L'ai rencontré et qu'Il était tellement excité à l'idée de procréer, je Lui ai à son tour posé la question, de façon un peu moins radicale toutefois :

Dis ? Pourquoi tu veux des enfants toi ?

Alors Lui, Il en avait des réponses, et Il n'a pas hésité une seconde :

Déjà pour ne pas vieillir seul, c'est important les enfants qui te visitent. Mais aussi pour que quelqu'un continue de porter mon nom/

Pardon mais si c'est une fille et qu'elle se marie/

Oh on aura au moins un fils mon amour je le sens...

Et c'est tout ?

Non pour jouer avec lui, au foot, j'adore le foot et je lui apprendrai à faire du vélo aussi évidemment...

Je crois que je préférais encore l'absence de réponse de ma mère à cette accumulation de raisons toutes plus égoïstes les unes que les autres.

Perpétuer son nom ? Que quelqu'un prolonge votre lignée… Mais pourquoi ? Qu'est-ce qu'on allait laisser comme empreinte tellement impérissable sur le monde pour qu'elle mérite d'être « prolongée » ?

Et c'est d'ailleurs fou que les gens aient peur de mourir au point de vouloir laisser leur nom dans l'Histoire. Nous sommes très très peu à laisser nos noms dans l'Histoire. Et l'importance de nos vies est quasi nulle au regard de l'Histoire. Alors pourquoi avoir peur de la perdre ? Notre petite vie insignifiante…

C'est donc là que j'ai décidé de laisser mon corps décider. Et mon corps a décidé quinze jours après l'arrêt de la pilule que je tomberais enceinte.

Une bonne chose de faite.

Une fois enceinte, j'ai compris. Je n'ai pas encore compris grand-chose à propos des enfants ou même de la maternité. Mais j'ai compris que j'étais piégée. Pas par l'enfant. Mais par Lui. Et pas par amour, parce que nous avions fabriqué un petit être qui sera un peu Toi et moi bla bla bla…

Non j'ai entendu le verrouillage automatique se mettre en place, comme quand tu as mis tout le linge sale dans la machine à laver, que tu as sélectionné la température et lancé le programme. Là un petit verrou apparaît et tu ne peux plus rouvrir la porte avant la fin de la lessive. Et tant pis pour toi si tu as oublié une chaussette dehors.

Du moment où mon ventre a fait son apparition, au bout de cinq mois de grossesse environ, Il a considéré que je lui étais acquise corps et âme, le fonds de commerce et les murs. Je n'allais plus bouger de là. Plus bouger de Lui.

Je l'ai senti, et le pire c'est que je l'ai accueilli. La sensation m'a même légèrement grisée au départ, comme quand on sort avec un jaloux on trouve ça super, mon Dieu qu'est-ce qu'il m'aime… Alors que pas du tout… Qu'est-ce qu'on peut être connes des fois…

Il n'a même pas eu besoin de l'exprimer. Je l'ai compris. J'ai dit oui.

Plus rien ne serait jamais pareil.

Attendre un enfant c'est quelque chose quand même. À la fois sanctifié et méprisé par les hommes, comme tout ce qu'ils ne peuvent pas faire.

Si c'est eux qui avaient été enceints, mon Dieu, combien de poèmes, de littérature et de chansons cela aurait engendré… Nous, on aurait bien aimé philosopher, peindre, ou chanter cet état, mais vous ne nous en avez guère laissé le temps. Et puis on était occupées, par le fait d'être enceintes justement. C'est ironique, hein ?

Si les hommes fabriquaient les bébés, toutes les œuvres d'art ne tourneraient qu'autour de ça. Car c'est quelque chose quand même. De toucher du doigt ce petit morceau d'éternité…

J'ai compris que l'expérience de la grossesse était métaphysique à mon huitième mois, quasiment au bout. À ce moment, mon ventre était gros et ma tête était vide. Par vide, je ne veux pas dire que j'étais devenue idiote. En fait plus mon ventre se remplissait, et plus ma tête s'allégeait. Car en réalité, je me concentrais.

J'étais comme allongée sur un nuage, ou en tout cas, c'est l'idée que je me fais d'être sur un nuage. Tout est doux, chaud, rien pour contraindre.

Je sentais ce petit bébé bouger, se retourner, taper au plafond, c'est quand même exigu là-dedans. Et moi je n'étais que béatitude, je souriais tout le temps.

En réalité je n'étais pas là, car, effectivement, je me concentrais.

Un jour de ce huitième mois, qui commençait quand même à peser son poids, je me suis rendue aux toilettes après le déjeuner. Pour faire pipi, même si ça n'a aucune importance pour la suite.

Là, au moment de baisser péniblement mon legging, j'ai eu une conscience particulière de mon ventre. Énorme. Dilaté au max. Dur comme une pastèque. Blanc décoré de veines bleues.

Et ça m'a frappée. Le fait que ça allait arriver. J'allais devoir accoucher. L'inéluctabilité de cet accouchement, qui me faisait paniquer en secret, est venue me tirer par le col. Il n'y aurait pas d'échappatoire, de dispense... Rien du tout que cet accouchement imminent.

C'est sans doute cet exact même sentiment qui s'empare de nous au moment de mourir. Ce sont les deux seuls événements de notre vie, la naissance et la mort, auxquels il est impossible de se soustraire.

C'est pour ça qu'ils se donnent la main. C'est une boucle. C'est l'infini...

C'est quelque chose quand même.

Et puis il a fini par arriver cet accouchement. Je n'avais pas voulu connaître le sexe de l'enfant à l'avance, mais c'était un garçon j'en étais sûre. Les vieilles femmes l'avaient bien vu elles aussi : ce ventre qui pointe vers l'avant, comme s'il avait le projet de pénétrer le monde... C'était un garçon.

J'étais un peu dégoûtée parce que je ne savais pas trop quoi faire d'un garçon, comment le laver ? Jouer avec lui ? En voilà une étrange espèce...

Et puis je me suis dit que je ne saurais pas quoi faire d'un bébé tout court, parce que je n'avais jamais connu de bébé. Le mien serait mon premier.

On allait apprendre ensemble. Et je le prénommerais Hélias, parce que ça signifie soleil tout simplement. En grec ancien. Et en arabe aussi. Mettons toutes les chances de notre côté.

J'ai su que j'allais accoucher grâce à Benoît, notre chat. Un chat errant qui s'était égaré dans notre cage d'escalier, une semaine à peine après notre emménagement de couple. Il a miaulé des heures devant notre porte, alors on s'est dit « allez ». Il est entré et s'est mis à se lécher la patte de devant, avec toute la grâce dont sont capables les chats. Il nous regardait benoîtement avec ses grands yeux verts, alors on l'a appelé Benoît. Voilà c'est pour ça.

Et alors que j'accumulais tranquillement les semaines d'aménorrhée, je me rendais compte que j'étais en train de fabriquer quelqu'un, mais je n'avais aucune idée de quand il serait prêt ce bébé. Voilà, c'est cuit ! C'est moi qui l'ai fait !

Bien sûr j'avais vu des centaines de fois au cinéma ou à la télé cette scène aquatique de « perte des eaux ». Ça paraissait toujours surgir à un moment parfaitement incongru (présentation de projet au travail, réunion de copropriétaires, enterrement…) et absolument imprévisible. Alors que bon, au bout de neuf mois, on se doute de quelque chose normalement.

Donc j'attendais ce moment sans l'attendre, puisque apparemment c'était le fait de ne pas l'attendre qui le ferait arriver. Comme plein de trucs dans la vie finalement… l'amour par exemple.

J'avoue me trouver un peu dégoûtée par ce procédé certes naturel mais salissant. De l'eau ? Je pense que c'est pas de l'eau pure. Sinon on n'en ferait pas tout un plat, l'eau ça tache pas. Ça doit être de l'eau trouble, avec des additifs, mais lesquels ?

Chaque matin, je me rendais aux toilettes en essayant de ne pas attendre, et je touchais le fond de mon pyjama, imaginant que l'inondation avait peut-être eu lieu pendant mon sommeil. Et séché pendant la nuit.

Effectivement je rajouterai que pour que la scène de perte des eaux « fonctionne » il faut que la maman se tienne debout. Si on est allongée, l'eau, je ne sais pas ce qu'elle fait, mais elle doit stagner.

Chaque matin alors, je vérifiais. Mais non. Rien…

Je me demandais bien comment j'allais être avertie de la venue de ce bébé…

C'est là que Benoît est entré en scène. Toujours en train de se lécher une patte de trois quarts dos, sublime pour la photo.

Je ne m'en suis pas rendu compte tout de suite mais à un moment il ne m'a plus quittée. Plus du tout. Toujours lové contre une partie de ma personne, mon mollet ou mon flanc gauches. Toujours en train de me fixer. Et de ronronner sans coup férir.

À ce stade, je ne quittais quasi plus mon lit, sauf pour aller engloutir des tonnes de choucroute, un plat que j'avais sincèrement détesté plus que tout au monde auparavant. Mais apparemment la grossesse a ses mystères, et celui-ci n'est pas le plus impénétrable.

Tu Te souviens ? Tu allais m'en acheter chez le traiteur, des barquettes et des barquettes de choucroute. Au début je venais dans la cuisine pour qu'on dîne ensemble.

Et ensuite Tu me les apportais au lit. Tu T'inquiétais un peu que je ne me lève plus. Alors que pour moi ces heures suspendues, c'était un des plus hauts degrés de la félicité.

Tu T'en souviens ?

Au bout de quelques jours, je me suis levée pour faire mon sac, comme au matin d'une rentrée au collège. Je n'y ai évidemment pas mis les mêmes articles.

Non, moi j'ai pris un peu n'importe quoi, un pyjama, un peignoir trop court en polaire, rose avec des cristaux de neige blancs en surimpression.

Pardon pause.

J'ai quand même remarqué que la plupart du temps, les vêtements en polaire, sorte d'extension d'utérus, *a priori*, du point du vue confort… Ces vêtements donc, sont généralement imprimés de motifs relatifs au froid. Alors est-ce que c'est parce que la matière s'appelle « polaire » et est destinée à protéger des frimas de l'hiver ?

Question subsidiaire, est-ce que si le tissu s'appelait « canicule » il serait floqué de soleils ?

Et surtout, pourquoi ce genre de questionnements *pop* dans ma tête sans fin aux moments où je m'y attends le moins ? Alors que je n'ai toujours pas perdu les eaux. Mes eaux…

Dans le sac j'ai mis aussi une pince à épiler, un fer à friser, trois culottes, de l'huile pailletée pour le corps, un livre, et c'est à peu près tout.

Tu Te souviens, Tu es entré à ce moment-là, dans notre chambre qui embaumait sans doute encore la choucroute de midi, et Tu T'es inquiété encore. C'est fou ce que Tu T'inquiétais...

« Qu'est-ce que tu fais ? Tu as dit.

— Mon sac, j'ai dit...

— Ton sac pour l'hôpital ?

— Non, je fais juste mon sac.

— Mais parce que tu sens que tu vas accoucher ?

— Non, je n'ai toujours pas perdu les eaux... »

Tu es ressorti dubitatif, pétri de doutes et angoissé, parce que si moi je me sentais dépassée par l'arrivée de notre fils, que dire de Toi ?

Toi Tu n'as rien compris (et c'est normal).

Et puis un soir Benoît s'est mis à miauler. Tellement fort qu'il m'a réveillée. Je lui ai dit : « Mais qu'est-ce qui te prend Benoît enfin ? Je dormais si bien. »

Il me semble qu'il m'a répondu en français, ou en tout cas dans une langue latine : « Prépare-toi, c'est maintenant...

— Mais j'ai pas perdu les eaux, je lui ai répondu.

— On ne perd pas tout le temps les eaux figure-toi » il m'a fait.

Je l'ai trouvé gonflé Benoît quand même.

En tout cas il avait raison, parce qu'à ce moment j'ai ressenti des contractions.

D'abord toutes petites au fond à droite. Et pas souvent...

Et puis de plus en plus précises, fréquentes, violentes...

Là je suis descendue, Tu jouais avec Serge à Assassin's Creed. Vous m'avez regardée tous les deux avec toute la terreur que les femmes inspirent aux hommes depuis la nuit des temps.

À cause du mystère et de la puissance de leur fonctionnement.

C'est maintenant ?

Non je ne pense pas, mais j'ai mal et je voudrais qu'on m'enlève cette douleur.

Alors nous sommes partis à l'hôpital : Serge tu claqueras la porte en partant ? Il était 7 heures du matin. Il faisait beau. Dans les embouteillages Tu me regardais inquiet encore. Comme si Tu allais devoir m'accoucher sur le périph avec un gilet jaune et un allume-cigare. Je n'en menais pas large moi non plus. Alors pour tromper la peur qui nous serrait les entrailles à tous les deux, Tu as mis Nostalgie. Ça marche toujours Nostalgie pour éloigner l'angoisse. Et on a ri. Parce que pile à ce moment-là, ils ont diffusé une chanson de Phil Barney, qui s'appelle *Avoir un seul enfant de toi*. On a ri parce que la chanson elle raconte comment le mec rêvait, donc, d'avoir un enfant de sa femme (après je ne sais pas s'ils étaient mariés mais ça ne joue pas sur le récit). À un moment elle va accoucher elle aussi. Et là, à l'hôpital, elle meurt en couches. Ce qui est rare de nos jours finalement. Donc lui, il est dévasté. Mais bon il a un seul enfant d'elle au final, et j'ai l'impression que c'est ce qu'il voulait...

Toi, ça T'a moyen fait rire. Tu m'as pris la main et Tu m'as dit que si moi je mourrais là tout à l'heure, Tu en aurais rien à foutre de ce bébé, Tu voudrais rien avoir à faire avec lui, Tu te suiciderais même si ça se trouve, parce que c'était moi l'amour de Ta vie. Et même si j'ai trouvé ça un peu fou, violent et déplacé, j'avoue que ça m'a fait plaisir. Un plaisir bizarre parce que coupable, mais un plaisir quand même.

La preuve, je m'en souviens.

Après je dis que Tu m'as bloquée avec ce bébé, mais ce bébé en lui-même, il a changé toute la donne. La différence, c'est que lui n'en avait *a priori* pas la conscience.

L'accouchement, j'ai adoré. J'ai adoré au point que j'aurais pu accoucher des dizaines de fois.

Accouchement, encore une fois le mot est moche et c'est injuste. Je préfère « la délivrance ». C'est ce que ça a été pour moi : une délivrance, du plaisir et de la fierté. Le tiercé dans l'ordre.

Quand Hélias est venu au monde, Tu Te tenais faiblement à ma gauche. Tu n'en menais pas large à cet instant. Et quand Tu as vu ce bébé, encore fripé de l'eau du bain, Tu T'es assis, soudain submergé par le poids du grand cycle de la vie. Oui je pense qu'à ce moment Tu as Toi aussi touché du doigt un peu d'éternité.

Ce bébé était magnifique, un bébé de dessin animé. Rien à voir avec les larves sanguinolentes et grotesques d'avant. C'est fou, même en bébés on a progressé. Ils sont mieux finis qu'avant.

Je me souviens du gynécologue qui faisait des blagues. Je le comprends ce besoin de rire à l'hôpital, surtout lorsqu'on produit des bébés à la chaîne... Il y a de quoi se prendre pour Dieu quand même, avec toute l'angoisse et la responsabilité afférentes.

L'autre chose dont je me souviens aussi, c'est l'odeur de ce petit quand on me l'a posé sur le ventre. Une odeur indescriptible, impossible à relier à un quelconque groupe de fragrances connu. Ni bon ni mauvais, ce n'est pas le sujet. Mais je l'ai flairé ce petit être, et à ce moment j'étais un animal. On passe tellement de temps à s'éloigner de notre animalité, en s'épilant, se parfumant, s'éduquant, philosophant, riant... Elle nous fait peur notre part animale. Et à ce moment, où on « met bas », elle se manifeste, semblant nous faire comprendre qu'on aura beau monter, descendre, on restera des animaux.

Cette odeur finalement c'est celle de nos entrailles. Celle de la chair fraîche.

L'odeur préférée des ogres.

Et alors le bébé encore sans prénom sur mon ventre a arrêté de pleurer à mon contact. Et il s'est passé quelque chose dans ma tête. J'ai compris à ce moment-là que je n'allais jamais cesser de m'inquiéter pour lui. Et j'ai trouvé ça injuste, parce que je ne le connaissais même pas.

Ce bébé avait dix-sept minutes et c'était déjà quelqu'un. Quelqu'un avec sa personnalité, ses joies et ses peurs, son regard à lui sur le monde. Quelqu'un avec qui je n'allais pas forcément m'entendre. Mais quelqu'un qui, s'il disparaissait de ma vie, me ferait mourir. Tout simplement.

Je ne sais pas qui c'est, mais je ne pourrais jamais plus m'en passer.

C'est quelque chose quand même.

Je savais que j'étais le genre à me faire piéger dans la vie. C'est pourquoi depuis toujours je caressais ce rêve de disparaître. Un jour, quand tout sera devenu trop pénible, quand j'aurai trop pleuré, trop souffert, je m'en irai.

C'était le plan.

J'aurais changé de nom, de visage peut-être, de coupe de cheveux évidemment, de pays. Je serais partie sans me retourner, sans donner de nouvelles à personne. Couper et recommencer ailleurs. Balles neuves.

C'est cette idée qui me permettait de me lever le matin.

Or ce petit personnage qui grenouille sur mon ventre vient en dix-sept minutes, dix-huit maintenant, d'anéantir le plan de toute une vie.

Impossible de partir maintenant. Je ne pourrai plus jamais me défiler. Je sais que je te briserai si je fais ça. Que tu penseras toute ta vie que tu n'étais pas assez aimable pour me retenir.

Alors je sais que je ne le ferai pas.

Mais ça me pèse je te jure.

H+6
Le lâcher-prise

Dès que, fille du matin, parut l'aurore aux doigts de rose...

Petite, en sixième, on avait dû lire *L'Iliade* et *L'Odyssée*, et ce vers m'avait arrêtée pendant de longues minutes. Je ne sais plus s'il se trouvait dans l'un ou l'autre ouvrage... Quelle était d'ailleurs la différence entre les deux ? Je devrais sans doute le savoir, mais je ne le sais pas...

Quoi qu'il en soit, cette phrase, je l'avais trouvée sublime. Parce que oui souvent le ciel est rose à l'aube, et l'idée que ce soit une femme qui peigne le ciel chaque matin avec de la peinture à doigts me rendait tout simplement heureuse.

En même temps je me sentais bête d'aimer à ce point cette allégorie, finalement assez simple, et sans doute pas digne d'un vrai poète.

Un vrai poète selon moi à l'époque, c'était un homme pauvre et malade. Un homme qui vivait sous les toits et ne mangeait pas à sa faim. Un homme qui avait tout le temps froid. Une sorte de clochard céleste, qui ne possédait qu'un don, mais quel don ! Celui de voir à travers le monde.

Alors je me sentais nulle d'aimer cette petite phrase à l'eau de rose justement.

Je me suis souvenue de ça d'un coup ce matin. Comme j'aurais voulu la réconforter cette petite moi de onze ans.

Si tu aimes, tu aimes. Si tu es touchée, tu es touchée.

C'est tout ce qui compte.

Fais-toi confiance. Merde à la fin.

Machinalement, je retourne mon téléphone, et je tape sur l'écran avec mon index. Il est 5 h 34. Le soleil est sur le point de se lever. Le ciel encore bleu marine, comme un variateur qu'on monte lentement mais sûrement.

Ce nouveau matin tout propre, ça se voit qu'il allait être rose.

Compte tenu de la journée qui s'annonçait, il allait sans doute être rose pour rien… Mais ce serait toujours ça de pris.

J'aime le matin, tous les matins. C'est chaque fois pour moi le mini miracle de la vie qui reprend.

Plus jeune, lorsque les soirées s'éternisaient, j'adorais la sensation d'être témoin de la naissance du matin. Le marathon de la fête. En général, les autres personnes présentes redoutaient ce moment. Putain il fait jour. La lumière qui va durcir les traits des visages alcoolisés, souligner les rides des yeux battus... Dénoncer les excès de la veille, afin de nous révéler tels que nous sommes : si faibles et tout petits.

Il faut savoir se regarder sous les feux sans vergogne du matin.

Moi assise dans le canapé, Lui adossé à la fenêtre, nous regardons chacun droit devant nous, deux trajectoires parfaitement perpendiculaires...

Qu'est-ce qui va se passer maintenant ?

« Les flics vont appeler... ou pas. »

Je suis étonnée par le son de sa voix, je ne pensais pas avoir posé la question à voix haute. Je me sens projetée hors de l'habitacle de mon corps depuis l'annonce. De l'accident.

Je suis comme téléguidée par quelqu'un que je ne connais pas.

« Mais comment ça, ils vont appeler ?

— Si quelqu'un a été témoin de l'accident, et qu'il a relevé la plaque de la voiture, ils vont remonter jusqu'à nous, et ils vont appeler. Pour nous convoquer. Enfin je crois, je ne sais pas comment ça se passe, c'est la première fois que ça m'arrive…

— Et s'ils appellent, on dit quoi ?

— C'est toi qui vois. Si tu dis que tu conduisais, on fera jouer l'assurance. Enfin j'imagine… Sinon… Sinon ce sera chaud pour moi, voilà… »

On regarde tous les deux nos téléphones, qui semblent se tenir par la main sur la table basse, comme deux petites loutres dans l'eau. Écran noir, ils dorment apparemment.

Parfois l'un d'entre eux s'illumine timidement, notification Instagram, Uber Eats… Nos yeux convergent alors dessus, jusqu'à ce qu'il se rééteigne quelques secondes plus tard. Fausse alerte, ce n'était pas un appel.

« Putain il fait jour », Il dit.

Il a l'air complètement désarçonné. Sincèrement. Son visage a pris dix ans, mais ses yeux en ont perdu autant. On dirait l'homme que j'ai rencontré. Pas de calcul. Pas de manipulation. C'est troublant.

Il me touche tout d'un coup.

Ça me fait sourire, parce que je me souviens comment mon amie Elsa un jour m'avait dit de Maxime, un mec de la compta, qu'il la touchait.

J'avais halluciné parce que Maxime c'était un bon gars du Sud-Ouest, avec des grosses cuisses et un large sourire luisant.

Jamais les lèvres gercées, Maxime. Toujours la bouche comme enduite de gloss. Il y a des gens comme ça j'ai remarqué. Ça me dégoûte toujours un peu, cette présence salivaire extrême.

Donc Maxime c'est pas trop quelqu'un par qui on est touché. Il est assez lourd finalement. Le genre qui rit à ses blagues avant de les dire carrément. C'est plutôt un personnage par qui on est plombé.

Alors Elsa, elle a rigolé, parce qu'elle voulait pas du tout dire que Maxime était touchant. Elle voulait dire que Maxime la touchait au sens propre. Dès qu'il pouvait il la frôlait, il posait ses mains sur elle… Berk.

Je repensais à ça…

« Tu te souviens comment on s'est rencontrés ? » Il me demande…

La carte ultime de l'enjôlement : recréer le mythe fondamental de la rencontre.

Je trouve ça malin. Et en même temps, j'ai envie de m'en souvenir moi aussi. J'ai très envie. Diablement même.

Alors je Le laisse dérouler le fil de nous.

Il parle.

Je ferme les yeux. Pas complètement. Juste assez pour laisser les images se projeter à l'intérieur de mes paupières.

Il allume une cigarette, et Il commence.

On habitait tous les deux dans le 11ᵉ. Mais on le savait pas. Juste je te voyais souvent dans le petit restau bobo-brasserie-bar de la rue Saint-Maur… Chez Jeanne ? Justine ? Je sais plus…

Moi je sais mais je ne le dis pas.

Bref je t'avais repérée. Je te voyais, complètement inconsciente de ta beauté et de ta séduction, presque en train de t'excuser d'être là. Tu souriais tout le temps. Plus que nécessaire. Comme pour qu'on t'accepte. J'ai trouvé ça adorable. Ça et tes longs doigts blancs, comme sur les statues antiques. Toujours en mouvement les doigts. Soit en train de dessiner dans l'air une partition imaginaire, soit dans tes cheveux pour effectuer un arrangement quelconque.

Je sais que tu m'avais vu aussi. Et j'ai su que je te plaisais autant que tu me plaisais. Chaque fois qu'on rentrait dans ce restaurant, on se cherchait du regard. On y allait beaucoup plus que de raison d'ailleurs. Il en méritait pas tant cet endroit avec sa blanquette revisitée et ses mojitos sous-dosés en rhum… Mais pour moi c'était le plus bel endroit du monde.

Je le savais qu'on allait finir par se rencontrer. Et même, je savourais cette attente. C'est le meilleur moment, non ? Quand on sait qu'on va s'aimer. Mais on est les deux seuls sur la terre à le savoir. C'est un secret qu'on a peine à contenir. Un secret si imposant qu'il fait mal. Et c'est ça qui est bon.

Donc j'ai attendu...

Jusqu'à ce qu'un soir, je te trouve plus légère que d'ordinaire. Peut-être un peu ivre. Tu étais avec un groupe d'amis plus imposant que d'habitude. J'ai vite compris que tu devais fêter ton anniversaire.

La confirmation est venue quelques heures plus tard, avec ce moment gênant du « happy birthday » collégial, entonné par l'ensemble des serveurs empruntés, et surtout indifférents, venus poser à ta table un petit gâteau prétentieux, croulant sous la chantilly de circonstance, et peinant à accueillir une bougie réutilisée trop souvent pour être honnête.

Tu as soufflé en riant, tes yeux plissés, une seule fossette à droite de ta bouche. Tes amis ont applaudi. Tu étais gênée mais heureuse. Tu portais une robe bleue croisée là...

Portefeuille, j'ai dit...

Les hommes n'ont aucun vocabulaire concernant le vestiaire féminin. Pour eux les femmes portent des robes ou des pantalons. Non c'est une jupe et un pull. Une jupe ? Ah OK…

Et parfois ils exhument un mot que plus personne n'utilise. Du type « corsage », ou « cardigan », sans trop savoir quelle partie du corps c'est censé recouvrir.

Ah oui portefeuille. Ça te faisait de gros seins…

Ce soir-là, j'ai décidé qu'il était temps de ne plus attendre.

Alors je t'ai fait porter une coupe de champagne. Le serveur te l'a posée à côté de ton petit gâteau. J'ai attrapé au vol ton regard étonné « non non j'ai pas commandé ça ». Alors il a pointé son doigt dans ma direction. Je t'ai fait un petit signe et j'ai articulé « bon anniversaire » sans aucun son, pour que tu puisses lire sur mes lèvres.

Tu as rougi comme prévu, et tu as baissé les yeux. Tu étais charmante comme un tableau de Fragonard. Et puis tu as fait comme moi. Avec ta bouche tu as dit « merci », en prenant bien soin de bien détacher les syllabes pour que je comprenne.

J'ai compris. Mais j'ai trouvé mon geste un peu concon d'un coup. Du champagne… Une seule coupe en plus. *Cheap.* Mon approche faisait penser à celle d'un monsieur de soixante ans, patron d'une PME de composants électroniques en province, vers Châlons là-bas. Un monsieur avec une moustache poivre et sel, un prénom composé, une mauvaise haleine et une petite fantaisie stylistique. Jean-Michel ne porte que des chaussettes violettes. Ce genre.

Jean-Michel a un porte-cigarettes gravé à son nom.

Donc j'ai voulu corriger. Alors je t'ai fait servir un autre gâteau. Plus gros. Le serveur a refait son petit manège. Et nous aussi. Juste cette fois-ci tu as levé les mains au ciel, l'air de dire : mais enfin, pourquoi faites-vous ça ?

Ta petite tête m'inspirait de grands gestes chevaleresques. Mais aussi des blagues potaches. Tes yeux d'enfant dans ton corps de femme. Très bon alliage.

Alors j'ai persisté. Je t'ai fait porter un plat de pommes de terre sautées.

Et une salade de museau…

Un bock de bière…

Un chapelet de saucisses…

Un bol de riz…

De la harissa…

À la fin on avait le fou rire tous les deux. À distance c'était marrant.

C'était le moment de venir à ta table. Physiquement. Qu'on sente nos odeurs, qu'on évalue les détails. Les petites choses qui nous touchent infiniment au début. Et qu'on ne verra plus au bout de quelques années. Ces petites choses qui parfois finiront même par nous dégoûter. C'est fou l'amour.

Debout devant toi, je me suis excusé de m'être montré si intrusif. Mais j'ai argumenté que je ne te connaissais pas encore très bien, alors j'avais tapé large, pour être certain qu'il y ait au moins un article qui te plaise dans cet échantillonnage.

Et puis je me suis dit qu'il fallait partir, pour que tu restes sur ce moment.

Évidemment, j'avais pris soin de glisser un papier avec mon prénom et mon numéro de téléphone dans ton sac. C'était à toi maintenant.

Dehors, saisi par la fraîcheur de la nuit sur le feu de mes joues, j'ai eu un moment de frayeur. Parce que je n'étais plus sûr du tout d'avoir mis le papier dans ton sac à toi.

Et surtout parce que je l'ai senti. Que tu allais être ma grande histoire. Et que je n'allais pas m'en sortir comme ça…

Je n'ai pas bougé pendant toute l'évocation de notre re-rencontre.

J'avais une larme qui coulait d'un seul œil. À droite. Celui qui surplombait ma fossette. Je pleurais calmement, en silence, recueillie sur le souvenir.

C'est drôle comme on se souvient différemment des choses d'une personne à l'autre. Sans doute parce qu'on embellit les histoires avec le temps. Surtout les histoires d'amour. Et qu'on a des goûts différents en matière de décoration.

Je n'avais pas ma robe portefeuille bleue. Parce que je n'en ai jamais eu. J'ai une robe portefeuille gris-vert, avec des motifs. Mais je l'ai depuis un an. Deux max.

Après c'est pas grave, c'est un détail.

Il vient vers moi et Il lèche la larme sur ma joue. Il m'embrasse, un long baiser profond et parfait. Je n'ai pas été embrassée comme ça depuis des lustres. C'est doux, c'est bon. C'est une évidence.

On dirait qu'il a été chorégraphié par un professionnel ce baiser. Pas de bruits incongrus, de dents qui se cognent…

Je lui fonds dans la bouche. Je sais les gestes qui arrivent.

Il ne faudrait pas…

Il soulève mon pull sans l'enlever, et baisse mon soutien-gorge pour libérer mes seins. Mes seins qu'Il mange littéralement.

Et si jamais Hélias se réveillait et revenait dans le salon ? Non, il ne faudrait pas.

Il s'assied sur le canapé. Je m'assieds sur Lui. J'enlève une seule jambe de mon jogging. Je suis nue en dessous de toute façon. J'ouvre son pantalon. Ceinture, rangée de boutons... Je n'ai même pas besoin de regarder ce que je fais. Ma main sait tout de Lui.

Et Lui sait tout de moi décidément. Où et comment me caresser, me toucher, pendant combien de temps et avec quelle intensité. Mon corps répond présent sur toute la ligne. C'est n'importe quoi. Il ne faudrait pas.

Cet homme a renversé quelqu'un avec la voiture dans laquelle je me rends tous les matins au bureau. Avec la voiture dans laquelle j'emmène mon fils au Jardin d'acclimatation...

Comment cet homme peut me donner autant de plaisir ? Je suis parcourue de longs frissons, que ma tête ne cautionne absolument pas.

Non, il ne faudrait pas...

Pas faire de bruit, mais je gémis quand même. Il me met la main sur la bouche pour étouffer mes cris. Je trouve ça tellement excitant que je crie plus fort.

C'est n'importe quoi. Il ne faudrait vraiment pas.

Mais j'en ai rien à foutre...

Que le petit arrive

Que les flics débarquent
Que la Terre explose
Que je meure
Je veux juste qu'Il me possède tout entière. Ici. Maintenant.

Je me détache de lui complètement décontenancée. Mais que vient-il de se passer enfin ?

Je ne me sens pas coupable. Je suis contente même, comme si je venais d'arracher une victoire.

Pas une grande victoire à la Valmy. Non, une petite victoire du quotidien. Toute conne, mais appréciable.

Comme quand on parvient à ouvrir d'un coup l'emballage « ouverture facile » du jambon. Et on se dit que pour une fois ils ont bien fait d'écrire « ouverture facile » sur le paquet.

Parce que parfois c'est écrit, et on n'arrive pas à ouvrir. On est obligé de prendre un couteau et on ouvre ça n'importe comment, en massacrant la première tranche de jambon, et c'est énervant. Alors on se sent idiot, parce que si c'est écrit c'est que ça doit être vrai, et que les autres y arrivent. Tous les autres, et pas nous. Voilà comment on se fait démoraliser en une seconde par un paquet de jambon sans additifs et avec moins de sel. Parce que malgré toutes ses qualités affichées, il n'a pas tenu ses promesses.

C'est pour cela que quand l'emballage dit ce qu'il fait, et surtout fait ce qu'il dit, je le vis comme une joie significative.

Oui je suis contente. J'ai si peu de plaisir dans ma vie en temps normal. C'est toujours ça que les Boches n'auront pas, comme disait ma grand-mère.

Lui, Il est toujours dans le canapé. Il me regarde avec ses yeux là, comme si c'était sa victoire à Lui. Mais je la Lui laisse volontiers. Qu'Il profite encore un peu.

Il reboutonne son jean, mais laisse la ceinture ouverte.

Il s'allume une cigarette.

Très prévisible.

Je vais voir dans la chambre d'Hélias s'il ne s'est pas réveillé. Apparemment non.

Je dois me concentrer sur la petite masse de son corps pour capter un signal de vie. Son souffle est si faible et ralenti. C'est normal il dort.

Il dort comme un enfant tranquille : les poings fermés, les bras levés encadrant son visage. Drôle de pose. On ne dort plus comme ça plus tard… On ne parvient sans doute plus à s'abandonner autant.

Dans sa main gauche, son doudou. C'est nul comme mot, « doudou », je trouve. Après c'est vrai que souvent les doudous sont constitués de matières douces. D'où sans doute le nom un peu cucul. Après on n'aurait pas pu conserver l'appellation originelle. « Objet transitionnel », c'est pas les premiers mots qu'on dit quand on est petit.

Le doudou de mon fils s'appelle Doudou 2, de façon très prosaïque, parce que avant lui on avait un autre doudou, qu'on a perdu de façon complètement inexpliquée. Mais c'était au square, un matin de novembre.

J'ai donc racheté exactement le même doudou. Je pense que la perte du premier m'a causé plus de détresse à moi qu'à mon fils.

Quand Hélias m'a regardée et que son regard a soudain viré au vide au moment où il a compris qu'on avait perdu Doudou, j'ai été envahie par une tristesse insondable. Je dis « on », parce que ma culpabilité est immense elle aussi. Et que c'est évidemment ma faute. Lui il perdrait la tête si je n'étais pas là, et c'est bien normal.

Donc ce matin-là, j'ai cherché Doudou 1er, qui était encore tout simplement Doudou, absolument partout dans le square. Je me suis agenouillée dans les fourrés, j'ai creusé la terre à mains nues, j'ai apostrophé les quelques mamans ou nounous présentes, j'ai fouillé des poussettes inconnues, j'ai mal regardé des enfants…

J'aurais tout fait de toute façon.

Soit je le retrouvais, soit je me laissais mourir dans ce square parisien beau et sale à la fois, couchée à même le sol boueux, dévorée par des rats.

Lorsque je suis finalement rentrée à la maison avec mon fils et sans Doudou, je l'ai vécu comme une défaite ultime. La pire de ma vie haut la main. Je n'ai osé le dire à personne. Même et surtout pas à Lui, qui aurait sans doute trouvé choquant que je réussisse à égarer la seule chose qu'il ne fallait pas perdre pour assurer le bien-être de notre fils.

Dès que j'ai pu, je suis retournée dans la boutique trop chère pour enfants rois où j'avais pris le premier. Et j'ai donc racheté le même.

Une souris avec une grosse tête en éponge et un corps aplati comme celui d'un écureuil volant (quand il vole). Le corps est rayé rouge et blanc, et la matière est plus douce que celle employée pour la tête. Elle a l'air sympa cette souris, même si on ne voit pas très bien, parce que ses yeux (quelques points au fil noir à la machine à coudre) sont fermés. Ils se sont pas fait chier pour lui donner une expression faciale. Qu'il remplisse déjà son office de doudou, à savoir calmer l'enfant, et tout le monde sera content.

Le corps est plat et les tissus offrent un toucher différent, parce que ainsi l'enfant peut se servir de son doudou comme il l'entend : le faire passer sous son nez, le frotter contre sa joue… Ce petit morceau de vingt centimètres carrés de tissu a été conçu par la Nasa, *a priori*.

En revanche je regarde Doudou 2 et il n'a plus rien d'un doudou à part le nom. C'est désormais une boule de fils et de poussière difficilement identifiable, preuve qu'il a remarquablement bien joué son rôle de Doudou. Jusqu'à l'épuisement même.

À le regarder se désagréger chaque jour un peu plus entre les petites mains potelées et collantes de mon enfant, je me souviens que je l'avais retrouvé. Doudou 1er.

Longtemps après. En rentrant à la maison, je suis repassée devant le square un soir vers Noël, après avoir garé ma voiture. Là sur une des piques de la grille, quelqu'un avait planté Doudou. Il était tout sale, mais encore vaillant. J'avais marqué un temps d'arrêt, puis je l'avais décroché de là. Je l'avais senti pour l'identifier. C'était bien lui, avec son odeur atténuée, mais encore perceptible. Son odeur atroce de miasmes, de morve et de miel, tout mélangé.

Dès lors j'avais été prise dans un conflit de loyauté violent. Que faire ?

Rendre Doudou 1er à Hélias ? Ce serait à la fois un aveu d'échec, reconnaître que j'avais failli à tous mes devoirs en le perdant... Et également un désaveu du travail remarquable fourni depuis plusieurs semaines par Doudou 2.

Incapable de prendre une décision rationnelle, j'ai pris Doudou 1er avec moi, le cachant bien au fond de ma poche pour rentrer à la maison. Et je l'ai dissimulé sous un tas de vêtements de ski dans le placard du couloir. Nous n'allions jamais aller au ski. Et je n'ouvrais jamais ce placard. C'est le placard où je stocke les choses que je n'utilise pas, mais que je conserve « au cas où ».

Ce soir c'était un soir « au cas où ». Alors je suis allée ouvrir le placard du ski, et là sous une combinaison fuchsia (il fallait oser) (mais de toute façon nous n'irions jamais), j'ai retrouvé Doudou. Présent au poste. La tête un peu aplatie.

Je l'ai senti. Il empestait toujours autant. Tout allait bien se passer.

Je suis revenue dans le salon.

Il m'a souri, et Il m'a fait un signe de la main, viens, approche. C'est ce que j'ai fait. Je me suis mise sur ses genoux. Et puis gênée par la sensation de mon poids contre sa poitrine, je me suis ravisée pour m'installer à côté de Lui.

Pourquoi tu restes pas là ? Il demande.
J'ai peur de t'écraser, je réponds.
Il rit doucement. Tu m'écrases pas enfin…

Contre lui, nos respirations à l'unisson, j'ai l'image de notre fils qui dort à dix mètres de nous. Sa respiration sans doute synchrone avec les nôtres.

Je dois les protéger. C'est ma mission. Ces derniers temps j'ai été aveuglée, fatiguée sans doute. Mais c'est ça nous, c'est ça la direction. C'est moi qui tiens le gouvernail et la vie est en train de m'indiquer la direction à prendre. La bonne direction.

Lui et moi. Oui c'est un peu fou, mais c'est extraordinaire aussi. Au sens premier du terme. Parce que oui quand c'est nul, c'est super nul. Mais quand c'est bien c'est super bien. La preuve…

Nos respirations à l'unisson…

On devrait aller dormir, non ? Ça sert à rien de s'épuiser, on verra bien de toute façon…

Il trouve que j'ai raison.

Nous rassemblons nos dernières forces pour gagner notre chambre. C'est fou comme ces dix mètres pour passer du canapé à la chambre semblent insurmontables, quand on redoute le sommeil.

Allez…

Mais à ce moment-là, son téléphone sonne.

A-20
L'ex

Jérôme était doux. Il l'est sans doute encore, car il n'est pas mort. On avait pile le même âge, nés le même jour.

Il doit être doux avec une autre femme, qui a su accueillir sa douceur.

Une femme qui s'appelle sans doute Mathilde ou Audrey.

Une femme qui n'a pas pris sa bonté pour de la faiblesse.

Sans doute va-t-elle bien elle aussi.

Nous nous étions rencontrés à la fac à Dauphine, on faisait des études d'éco. À moins qu'il ne se soit agi de communication. Je ne me souviens plus de l'intitulé exact.

À l'époque, je « sortais » avec un garçon d'école de commerce que j'avais rencontré dans un bar du 6e arrondissement de Paris.

Je n'ai jamais bien saisi le sens de l'expression « sortir avec ». Quand j'étais petite, au fil des conversations de récréation entre petites filles rougissantes et ignorantes de nos corps, j'avais cru comprendre que c'était quand on embrassait le garçon. Avec la langue *a priori*.

J'en avais déduit que c'était une allusion à « sortir la langue ». Mais cela ne me satisfaisait pas pleinement. Parce que oui pour embrasser avec la langue, il fallait la sortir dans un premier temps. Mais d'après mes observations, elle ne restait pas longtemps dehors, puisque le but de la manœuvre était de la rentrer dans la bouche de l'autre. Donc ça ne devait pas être ça…

L'autre option, c'était « sortir dehors ». Lorsqu'on est un couple, on sort ensemble effectivement. Au cinéma. Dans la rue déjà. Mais là encore je me heurtais à une autre évidence. On sort aussi dehors avec ses amis. Ses parents même. Alors quoi ?

Et comme je n'étais pas la coqueluche du collège, je ne me suis jamais sentie en position de poser tout simplement la question. J'étais sûre qu'on se moquerait de moi. Quoi ? Tu poses cette question ? Mais t'es débile ou quoi ? Si tu demandes c'est que tu l'as pas trop fait !

Et effectivement à l'époque je n'étais jamais sortie avec un garçon. Ce qui fait que je n'ai toujours pas d'explication valable. À mon grand dam.

Ce garçon, j'ai oublié son prénom dis donc. Bizarre, moi qui classe tout... Olivier ou Nicolas, un truc du genre.

Olivier ou Nicolas, ce n'était pas le premier avec qui je sortais. Mais c'était celui avec lequel cela avait duré au-delà des trois semaines de reniflage habituelles.

Un garçon dont la principale qualité à mes yeux était d'être beau, là où je me trouvais laide.

Un garçon plein de lui-même à ras bord, comme seules en produisent les familles riches depuis longtemps.

Pas très intéressant et pas très gentil. Je m'étais raconté que je l'aimais et qu'on allait se marier, parce que je pensais que c'était ce qu'on attendait de moi. Par « on », je veux dire mes parents, la société, l'univers...

Jérôme est arrivé dans ma vie à pas de loup. On avait bien remarqué l'un comme l'autre qu'une complicité estudiantine se nouait entre nous. Rien de fou. Mais par exemple, lorsqu'un élève posait une question que nous jugions idiote, on se regardait et on se souriait. On se savait.

Petit à petit, on s'est spontanément mis à s'asseoir côte à côte. On se gardait une place dans le grand amphi qui accueillait notre futur professionnel. Nous n'étions jamais loin l'un de l'autre. Mais sans aucun calcul. À la manière de ces petits chiots qui dès la naissance, encore aveugles à la beauté comme à la dureté du monde, finissent toujours instinctivement par se retrouver lovés contre le ventre confortable et chaud de leur maman chien.

L'idée d'une possible romance entre nous ne m'avait alors pas effleurée. Non.

Et je pense que lui non plus.

Nous étions encore tout recouverts des oripeaux d'innocence de l'enfance.

Pourtant il me plaisait Jérôme. Il était paré de qualités habituellement accordées aux femmes. La première chose qu'on remarquait chez lui, c'était sa grâce infinie, sa façon de se mouvoir, comme une gentille panthère. La classe du félin, sans la menace.

On aurait dit qu'il dansait plus qu'il ne marchait.

Des hommes on vante la stature, la puissance, à la limite l'élégance. Mais on ne dit pas quand ils sont gracieux. Quand ils FredAstairent d'un point à un autre.

Pas immense, mais bien conçu, Jérôme mesurait exactement ma taille, ce qui faisait que nos mouvements se coordonnaient à merveille.

Ses mains, très important les mains, je les qualifierais d'« honnêtes ». Toujours un peu bronzées. Bien proportionnées, suffisamment larges, avec des doigts suffisamment longs. Mais sans exagération. Pas des mains angoissantes de pianiste poitrinaire avec leurs longs doigts fins et blancs, comme des pattes d'araignée albinos.

Mais pas non plus des mains rugueuses et râblées avec de la terre incrustée dans les sillons, et autant d'échardes que de lignes de vie.

Non, des mains justes. Mais pas juste des mains.

Des mains chaudes et douces comme une colombe blessée, qu'on tient sans arrière-pensée.

Et puis bon… ses yeux marron. Francs là encore. Francs dans l'expression, pas le genre à se foutre de votre gueule ou à vous jouer des tours.

Francs comme ceux d'un golden retriever.

Et marron comme un marron fraîchement tombé de son marronnier.

On valorise les yeux clairs, mais je peux vous promettre que la richesse du marron des yeux de Jérôme, entre la délicatesse nervurée de la mousse au chocolat et la profondeur du terreau humide de la forêt, c'était quelque chose. Oui la fin de cette phrase n'est pas à la hauteur de son commencement. Mais l'émotion m'a saisie quand j'ai replongé dans son regard, comme si nous nous étions quittés la veille.

Et les mots se sont taris à mesure que ma gorge se serrait. Elle ne coule pas toujours comme on voudrait, la source des mots.

Jérôme vivait constamment entouré de musique. Toujours un écouteur dans l'oreille droite. C'était comme ça. Il avait besoin d'une bande-son pour accompagner ses journées. Ses nuits aussi, je l'ai appris plus tard.

Sa musique je ne la comprenais pas, je ne connaissais aucun groupe, je n'arrivais à la relier à aucun genre connu. Mais c'était lui.

Il arrivait toutes les semaines avec un nouveau CD gravé spécialement pour moi. Il m'écrivait une petite phrase mignonne dessus, en lettres majuscules, fonction de l'humeur du moment. C'était sa façon de rester avec moi, même quand on rentrait chez nous après le café.

Le café qui vous accueille lors de vos années d'étudiant restera dans votre cœur à jamais.

Le sol en cassons de bistrot ravive toujours des souvenirs chez moi. Ce sol de carreaux comme cassés et posés grossièrement, généralement de trois couleurs différentes.

Nous, notre bar il était carrelé en bleu passé, grège et rouge brique Je ferme les yeux et je sens encore l'odeur de café aigre qui troue le bide, remplacée au fil de la journée par celle de la bière à la pression.

Il faut dire qu'on y passait des heures dans ce café, qui acceptait de nous abriter avec une conso pour quatre pour tout l'après-midi.

Le patron qui nous regardait du coin de l'œil en torchonnant ses verres. Il ne fallait pas trop s'approcher de lui, parce qu'il avait les mains baladeuses avec les filles, quand elles passaient entre son gros ventre et le bar, pour appeler quelqu'un avec le téléphone à pièces, dans le sas juste avant les toilettes.

Il ne fallait pas être délicate, car l'odeur d'urine était très forte à cet endroit. De ce téléphone, on avait une vue imprenable sur une rangée d'urinoirs, où des mecs en pardessus pissaient en détente, et sortaient sans se laver les mains, en nous lorgnant les seins, pour aller direct les plonger dans un des bols de cacahuètes répartis sur le bar depuis 7 heures du matin.

Le garçon, à peine trente ans, corps de petit vieux usé par les services sans fin, sans pause. Vilaine peau, visage fermé mais bons yeux. Le garçon, dont on n'a jamais su le prénom, bien qu'on l'ait vu plus que nos parents pendant ces années de fac. Lui nous appelle « les amoureux », comme chaque fois que la mixité est de mise. Sinon c'est « les filles ». Les garçons, il les appelle pas.

Peut-être que les garçons de dix-neuf ans, par là, lui renvoient un miroir trop violent de la vie qu'il a laissée couler entre ses doigts grêles et déjà douloureux d'arthrose. Lui aussi il aurait bien aimé faire des études finalement. Il a l'air cosy le deal. Plus que celui pour lequel il a signé en attendant…

Ce café où le sol colle par endroits en fin de journée.

Ce café aux sièges de Skaï rouge ~~fatigué~~ épuisé. Notre canapé est lacéré dans le coin en haut à gauche. Une petite peau rouge qui pend et qu'on a envie de tirer davantage, pour rien… Juste pour voir, parce que c'est satisfaisant de déchirer du faux cuir.

On s'assied toujours au même endroit dans le fond, à l'angle avec la vitrine. On voit l'entrée de la fac de là, et les étudiants aller et venir comme autant de petites fourmis industrieuses.

Il y a un radiateur en fer qui court le long du mur. C'est aussi pour ça qu'on se met là, parce qu'il y a plus de journées dures et froides que de journées clémentes.

Il me semble qu'on a toujours froid quand on est étudiant. Et on porte des pulls à col roulé en vraie laine qui gratte. Ça nous fait de petites plaques rouges dans le cou. Mais on s'en fout à ce moment.

Tout ce qui nous intéresse, c'est de savoir si on aura assez de clopes pour tenir jusqu'au soir, et assez de chewing-gums pour rentrer chez nos parents sans qu'ils tracent, dans nos haleines, l'odeur infamante des Camel.

Et on parle tout l'après-midi, de sujets qui nous contiennent tout entiers, la politique, les droits de l'homme... On rit aux larmes, on hausse le ton, parfois même on chiale parce que c'est trop dur putain... Parodie mignonne d'adultes insupportables.

La vie comme figée là depuis 1954.

Avec Jérôme et toute une petite bande, dont j'ai également oublié les prénoms, décidément, mais il y avait forcément une Geneviève, un Ferdinand... nous étions toujours fourrés dans ce café, sans doute minable et sale aux yeux d'un adulte responsable.

Sans doute n'existe-t-il même plus, ce rade pouilleux. Racheté par un grand consortium pour devenir un magasin de lunettes ou un chocolatier au nom prétentieux, genre « Maxence de Saint Juste », qui fera faillite dans six mois. Pour être remplacé par un magasin de lunettes. C'est fou comme les gens ont besoin de lunettes de nos jours.

Un soir de novembre, porteur d'absolument aucune promesse. Un soir où le jour a commencé à rendre l'âme vers 15 heures, tandis que la pluie prenait des forces depuis 8 heures. Un soir nul.

J'ai précisé que je devais faire à dîner ce soir à Olivier ou Nicolas. Des escalopes à la crème. J'avais acheté les « fournitures » la veille. J'espère qu'elles seront aussi bonnes que celles de ma mère j'ai dit en riant.

Ce soir-là, Jérôme a tenu à me raccompagner chez moi, précisément parce qu'il pleuvait. Il m'a prêté son blouson avec une capuche.

Et je lui ai dit c'est bête tu vas être trempé et ça te fait un maxi détour.

Il a dit non t'inquiète.

Et nous avons marché sous l'eau, rincés par le ciel. C'est drôle parce qu'au bout d'un moment, on s'habitue. Une fois qu'on est bien mouillé plus rien ne compte. Et alors là on peut marcher.

Je pensais c'est fou, on passe son temps à se protéger de la pluie, sans même chercher à la rencontrer. On a des a priori météorologiques. C'est comme refuser de goûter à un plat qu'on ne connaît pas. Ça a l'air bof, mais si ça se trouve on rate l'expérience gastronomique de sa vie. Ou la gastro de sa vie. Mais ça on ne le saura que si on accepte de goûter.

Eh bien je peux dire désormais que j'ai adoré marcher sous cette pluie battante, ce soir de novembre qui arrivait pourtant les poches vides.

Peut-être aussi parce que c'était lui.

Et parce que c'était moi.

Ce soir-là.

Arrivés en bas de chez moi, j'ai senti une gêne monter en nous.

Il a dit ben je vais récupérer mon blouson peut-être haha.

J'ai dit bah oui normal merci d'ailleurs tu vois c'est con t'es trempé comme une soupe.

On a ri de cette expression de papi.

Et c'est arrivé.

Il a pris son élan avec son regard et il s'est lancé, saut de l'ange… Il a avancé ses lèvres vers les miennes, qui – je m'en suis rendu compte à ce moment-là – n'attendaient que ça.

Ce n'était pas la première fois que j'embrassais un garçon, mais c'était tout comme. Je sentais mon cœur battre dans ma gorge, battre entre mes jambes, battre derrière mes yeux clos.

Il a fait une petite onomatopée, que je relierais à la famille des « waouh ». Et puis il a dit tu sais j'aurais voulu que cette balade sous la pluie ne s'arrête jamais.

J'ai murmuré moi aussi…

Puis il a ajouté en remettant doucement son manteau sur ses épaules tu me manques déjà…

Moi aussi j'ai soufflé.

Parce que c'était lui.

Parce que c'était moi.

Ce soir-là…

J'ai monté l'escalier à toute allure en riant toute seule. En arrivant chez moi j'ai entendu le *ding* signalant l'arrivée d'un texto sur mon téléphone à clapet.

« Tu sais un soir, tu rentreras chez toi, et c'est moi qui t'aurai cuisiné des escalopes à la crème. »

J'ai trouvé ça aussi beau qu'un vers d'Apollinaire, et ça m'a fait un long frisson dans le dos de lire ça.

Il avait raison. Je le comprends maintenant.

Nous avons à notre tour commencé à « sortir ensemble ». Il me demandait sans cesse de quitter Nicolas, à moins que ce soit Olivier. Mais cela n'a pas été la peine.

A-20 – L'ex

C'est lui qui s'en est chargé de cette façon floue et distendue qui signe les relations amoureuses modernes. Ou du moins certaines d'entre elles.

Olivier/Nicolas ayant cessé de se manifester, la voie était libre pour Jérôme et moi.

J'ai ressenti un pincement plus important que ce que j'aurais imaginé à la disparition de celui qu'il fallait bien qualifier d'ex désormais.

Il m'avait abandonnée finalement. Et tout l'amour et toute la prévenance de Jérôme ne combleraient jamais ce gouffre qui venait de s'ouvrir sous mes pieds.

Nous nous sommes mis à nous aimer à l'air libre, en plein jour, et jusque dans la nuit, ses bras jamais très loin de moi.

Je le revois se roulant un joint sur mon canapé de fortune de l'époque : deux matelas recouverts d'un vague couvre-lit chargé de motifs évoquant l'Inde. À moins que ce soit le Mexique… En tout cas une étoffe qui dit qu'on est de gauche et qu'on va niquer le système, avant de bien rentrer dans les rangs, lorsque la trentaine viendra pointer le bout de son nez.

Une feuille, deux feuilles d'OCB dans une main, le mélange dans l'autre. Hop il renverse le tabac mêlé de shit émietté au creux de la feuille, sans avoir besoin de regarder ce qu'il fait, puisqu'il me regarde moi la plupart du temps. Ensuite il s'agit de rouler le tout. Il lèche la partie encollée de la feuille longue, glisse le papier carton en guise de filtre au bout. C'est maintenant qu'il faut s'appliquer, pour ne rien déchirer. Une fois roulé, Jérôme tape longuement le joint contre la table basse. Pour tout bien tasser. Puis il tortille le bout afin que le tabac ne s'échappe pas. Il me tend cette petite cigarette, tu en veux ?

Je fais non de la tête.

Alors il dit c'est dommage tu rates, il a l'air exceptionnel celui-là, je l'appellerai « el magnifico ». Il rit. Petits soleils au coin des yeux.

Je ris aussi. Il est adorable.

J'ai fait du poulet basquaise il me dit, tu aimes ?

Oui j'aime.

Et pourtant... Tellement de sollicitude. Plus il m'enveloppe de son amour, et plus j'ai trop chaud.

J'étouffe. Je me mets à l'aimer moins que lui ne m'aime.

D'ailleurs qu'est-ce qu'il a à m'adorer comme ça. Je ne suis pas adorable. Ni aimable d'ailleurs. Du moins je ne pense pas l'être. En tout cas moi je ne m'aimerais pas si je me rencontrais.

Je ne vois pas ce qu'il me trouve.

Alors je me dis qu'il doit être un peu dérangé pour s'attacher comme ça. Tout du moins faible. Pas de la race des gagnants, pour se contenter d'une fille comme moi.

Et comme ça, malgré moi, et bêtement, le mépris s'est insinué en moi, jour après jour. Plat en sauce après plat en sauce.

Je me suis mise à le prendre pour acquis.

Pire même. Je me suis mise à le trouver minable.

À ne plus vouloir rien goûter, pas même ses baisers pourtant aussi absurdement délicieux que des macarons à la framboise tout frais…

Bien évidemment, tout cela s'est très mal fini, car les bases étaient moisies. Je le savais. Pas lui malheureusement. C'est affreux quand j'y repense, parce que lui, je n'ai absolument rien (vous entendez, RIEN) (j'ai envie de le crier) à lui reprocher.

C'est moi qui ai entrepris de faire tous (TOUS) les mauvais choix. Chaque fois qu'un croisement s'est présenté dans notre histoire, j'ai pris la mauvaise route. Celle qui me conduirait tout schuss vers le malheur, la détestation de soi et les yeux gonflés.

C'est une malédiction je crois, venue de l'enfance. Ou alors on a été mal encodés à la naissance. On a un virus qui perturbe le fonctionnement normal.

C'est un putain de cheval de Troie, qu'on nourrit du berceau au tombeau et qui n'en fait qu'à sa tête.

Chaque fois qu'on croit l'avoir vaincu, ou tenu à distance, il revient. Toujours et encore. Il vient nous taper sur l'épaule : « C'est moi ! »

Oui c'est toi, je sais, tu as fait bon voyage ? Tu étais où ? Tu m'as manqué...

Je suis tombée enceinte. J'étais si jeune, je ne sais pas ce qui s'est passé. Un oubli de pilule ou... On s'en fout de toute façon. Et je n'en voulais pas de ce bébé. Pas maintenant. Pas avec lui. Pas tout court.

On doit toujours se justifier.

Merde à la fin.

Donc je l'ai dit à Jérôme. Et il a été d'une empathie, d'une générosité et d'une intelligence exceptionnelles.

Il m'a accompagnée au planning familial, il s'est acquitté de toutes les formalités. Il était là quand je suis entrée dans la clinique. Et là toujours quand j'en suis sortie.

Il m'avait acheté une bouillotte et me la posait sur le ventre tandis qu'il cuisinait une blanquette.

On a beaucoup parlé. Il s'est montré tellement exceptionnel qu'à la différence de la plupart de mes amies, cette expérience reste un bon souvenir. Pas du tout traumatisant. Un avortement sympa c'est pas fréquent. Mais ça je le dois à Jérôme.

La tragédie s'est nichée ailleurs, puisque c'est cette attitude exemplaire de Jérôme, tout cet amour, qui a achevé de me dégoûter de lui.

Il était décidément trop gentil.

Attention, je mesure aujourd'hui l'absurdité de cette façon de penser. Mais sur le moment, ça me semblait une évidence.

Il fallait qu'il dégage.

Lui comme mon entourage ont mis ma décision – parce que oui pour une fois j'ai réussi à prendre une décision – dégager le gentil – top – sur le compte de l'avortement.

Ma pauvre

C'est toujours perturbant un avortement

Tu vas compter les mois c'est dur

Et aussi les années. À un moment tu te diras tiens cet enfant aurait eu dix-huit ans…

C'est une plaie indélébile

Bon à la fois tu ne te voyais pas élever un enfant et c'est bien normal…

S'ils savaient…

Qu'en fait rien à voir.

En fait il avait été trop gentil. Un mec trop bien…

Voilà, ça y était.
J'étais désormais prête à accueillir le prochain connard.

H+7
L'autre femme

Allô, Il répond.

Au bout du fil, imaginaire, il n'y a plus de fil depuis longtemps, une voix de femme.

Une fliquette ? Une image s'impose immédiatement dans ma tête : une petite femme blonde, queue-de-cheval plantée haut sur le crâne, bien gaulée, moulée dans son uniforme bleu marine, son petit cul qui la suit partout, jolie tête de salope.

Mais quelque chose ne colle pas. Il se tourne vers la fenêtre afin de me dissimuler son visage.

Je me rapproche.

Il s'éloigne.

Mais je n'ai pas besoin de Le voir. Parce que rien qu'au ton de sa voix, son élocution, je comprends qu'Il parle à quelqu'un qu'Il connaît.

La voix qu'on prend au téléphone change en fonction des interlocuteurs à qui on s'adresse. J'ai remarqué ça. Comme le téléphone n'active que l'ouïe – on ne peut pas prendre des expressions faciales pour appuyer nos dires, ou mieux se faire comprendre – alors on donne un pouvoir plus important à la voix. On amplifie tout.

Dès lors, il nous suffit de fermer les yeux à notre tour, afin de monter le son de nos oreilles au maximum, et d'écouter la personne en face de nous répondre au téléphone, pour deviner à qui elle parle. Excellent mouchard. La voix du téléphone.

Il parle à une femme donc...

Ce n'est pas quelqu'un qui appartient à la sphère professionnelle. Ç'aurait d'ailleurs été étonnant à 6 heures du matin...

Ce n'est pas non plus l'entourage familial...

Ni quelqu'un qu'Il ne connaît pas...

Une amie ?

Impossible aussi. Combien de fois m'a-t-Il seriné que selon lui, l'amitié homme-femme était totalement impossible. Au mieux un fantasme. Au pire une manipulation de bas étage.

Il le voit bien, Lui. Les femmes font semblant de vouloir être amies avec Lui, pour mieux Le mettre dans leur lit. Tout ce qu'elles ~~veulent~~ désirent de sa part, c'est qu'Il devienne leur amant.

Ça doit être épuisant je me dis.

Et à l'inverse c'est cette théorie qui Lui a servi à éloigner mes amis hommes de moi. Car Il le sait... Il les connaît bien les hommes, Il en est un : s'ils parlent aux femmes, c'est pour les baiser. Voilà.

Comme ses convictions font loi au sein de ce foyer, je me suis mise à adhérer à cette idée moi aussi.

Si bien que ce soir, il est impossible donc qu'Il soit en train de parler à une amie.

Alors c'est qui ?

Je me place dans son champ de vision et je chuchote « c'est qui ? », en avançant le menton vers son téléphone. Je me dis que c'est quand même marrant comme concept de chuchoter agressivement. Mais cette pensée passe vite, comme un petit nuage pressé par le mistral dans un ciel très bleu.

Il se détourne à nouveau, et ça commence à bien faire. Je sens la colère monter une nouvelle fois en moi.

D'accord, donc elle n'était pas partie bien loin. Je peux la convoquer à tout instant désormais. J'ai l'impression de disposer d'un nouveau pouvoir. Pas super, mais pratique.

Alors forte de cette fonctionnalité, je cesse de chuchoter.

Chuchoter c'est quand on a peur.

Et moi je n'ai aucune raison d'avoir peur.

Si quelqu'un doit avoir peur ce soir…

C'est Lui.

C'est lui.

« C'est qui ? » je dis fort, en me rapprochant de lui. Je tends la main vers son téléphone pour regarder ce qui s'affiche, puisqu'il refuse obstinément de me répondre. Il dégage son bras, comme si je venais de lui jeter de l'acide.

« Rien c'est les flics », il dit à voix basse. C'est lui qui chuchote désormais.

« Non c'est pas les flics. C'est. Pas. Les. Flics. Montre ton tél. »

Je parviens à agripper son téléphone. Je l'ai surpris par la brutalité de ma conduite. Et aussi parce que c'est un geste que je n'aurais jamais osé faire auparavant.

Combien de fois m'a-t-il arraché mon portable des mains, au moindre prétexte, parce que j'hésitais sur une heure de rendez-vous, ou parce qu'il m'avait trouvée tout simplement « bizarre ».

Tellement surprise de mon audace, je ne sais pas trop quoi faire avec cet objet étranger en main. J'ai l'impression de lui avoir arraché un morceau de lui, une touffe de cheveux, ce genre…

J'ai juste le temps de lire ce que l'écran affiche. À savoir « GoSport ».

Je ne crois pas qu'il soit possible qu'un représentant de commerce de chez GoSport se fende d'un appel dès potron-minet, afin de le faire profiter de ses offres commerciales affriolantes.

Non vraiment je ne crois pas que le dévouement des gens de chez GoSport aille jusque-là.

Ce que je crois en revanche, c'est qu'il s'agit sans doute d'une de ses maîtresses… Citadium, Bouygtel ou Deliveroo… GoSport ce soir en l'occurrence.

Des « prénoms » inspirés par la volonté de dissimuler la tromperie.

Des « prénoms » qui lui permettent de laisser son téléphone sur la table, écran vers le haut, sans peur et sans reproche.

Profitant de ma sidération, il reprend son téléphone, tape avec son doigt contre sa tempe, indiquant que je suis « toc toc » d'avoir fait ça décidément. Puis il sort de l'appartement en claquant la porte.

Il ne m'a pas laissée le confronter. J'ai loupé le coche.

Je l'entends descendre l'escalier à toute allure. Sa conversation shunte au fil des marches, comme la fin d'une chanson des années quatre-vingt.

Je me mets à la fenêtre, le vois sortir de l'immeuble et tourner dans une rue adjacente, afin d'échapper à mon regard.

En l'observant du quatrième étage de cet immeuble haussmannien, je le trouve étrangement petit.

Oui bon évidemment c'est normal, je suis tout en haut, et lui tout en bas.

Non mais je pense tout petit dans son attitude.

Il m'apparaît, le corps ramassé autour de son portable, dans l'illusion fallacieuse qu'aucun son ne s'échappe de cette conversation visiblement compromettante. Comme un papi tout bossu.

Et il file se ficher sous le premier porche venu, à l'abri des regards. Comme un rat.

Tout est nul.

Me revoilà à nouveau seule dans cet appartement hostile tout à coup.

Je pense à cette femme, que je me vois contrainte de nommer GoSport, en attendant de plus amples informations.

Je l'imagine plus belle que moi. Plus jeune. Plus intelligente aussi. Plus vivante finalement. Je me vois l'affronter, l'insulter, la frapper même. Je voudrais qu'elle se sente au moins aussi minable que moi en ce moment.

Ce n'est pas juste.

Le sirop vert de la jalousie me coule dessus. Et ça colle.

Je me sens impuissante, je ne sais pas quoi faire alors pour l'instant je me contente de la détester. Comme si ça servait à quoi que ce soit.

Je marche dans le salon. Je déplace des objets. Je ne sais pas trop ce que je fais. Je sais juste que je la déteste. Je voudrais qu'elle meure. Non, qu'elle souffre.

Ma déambulation de salon m'amène devant une photo de nous deux, avant la naissance d'Hélias. Une très belle photo prise par des amis en vacances en Italie. Très belle, parce que je suis allongée contre lui, ma tête sur sa poitrine, et que visiblement nous ne sommes pas conscients que quelqu'un est en train de nous photographier. C'est ce moment volé à l'oubli qui est beau. Il est de profil et il rit avec sa belle rangée de dents, en regardant devant lui. Tranquille et conquérant. Apparemment il a dit quelque chose de drôle. Et moi, de profil aussi, je le regarde, étrangement grave. Inquisitrice et inquiète. Je n'avais jamais fait attention, mais nos deux attitudes ne vont pas ensemble. À première vue, on a juste affaire à une photo amateur mais néanmoins jolie, prise à l'heure où le soleil, avant de se tirer, dore chaque chose.

Je me penche sur ce cliché de couple parfaitement instagrammable, et je découvre qu'il contient en germe absolument tout ce qui va se passer par la suite.

Je viens de le comprendre.

Je me rapproche encore, afin d'étudier l'arrière-plan, les coins, le grain... Je prends le cadre dans mes mains. Et c'est fou, j'ai l'impression maintenant que je peux y déceler les contours de « l'accident ».

Je me redresse d'un coup. Je me trouve conne. Je repense à GoSport. Elle aussi elle est quelque part sur cette photo, que je repose sur le manteau de la cheminée.

Pourquoi c'est elle qui devrait recevoir ma haine ? Juste parce que je ne me sens pas à la hauteur... Ce n'est tout de même pas de sa faute. Elle si ça se trouve, elle ne sait même pas que j'existe. Qu'est-ce qu'il a choisi de lui révéler de lui ? Dans quels mensonges par omission s'est-il lancé ? On n'en sait rien en réalité.

C'est lui que je devrais détester. Pas elle. Elle qu'il a baptisée GoSport... Il la méprise autant que moi finalement. Plus même.

Alors maintenant que je suis lavée de ma haine, je peux réfléchir de nouveau. Je m'assieds dans le grand canapé, à l'endroit exact où je m'assieds tous les jours, dans la trace de mes fesses, gravée là désormais pour les siècles des siècles.

Pourquoi a-t-elle appelé pile maintenant ? Est-ce qu'elle a un rapport avec ce qu'il convient d'appeler « l'accident », pour éviter de trop donner vie à la situation inextricable dans laquelle je me trouve ?

Il y a forcément un rapport.

Ou pas.

C'est pénible de ne pas avoir accès à la vérité, le constat d'ensemble, celui qui inclut toutes les versions de tout le monde… La synthèse demeure dissimulée, comme une noix dans sa coquille, étanche à mes questions.

Pendant ce temps-là, la rue s'étire doucement comme un gros chat résigné. Le matin a fini par arriver.

Les petits bruits annonciateurs d'une journée bien remplie reprennent leur place, comme tous les matins du monde.

Ça me fait penser aux harmonies erratiques d'un orchestre en sourdine, avant le concert, quand chacun cherche sa note.

Les bruits de l'appartement, qu'étonnamment on n'entend pas la nuit, dans le noir. La chaudière qui se relance. Ou le frigo. On dirait qu'ils se donnent mutuellement du courage.

Un réveil au-dessus. Et puis les bruits feutrés des pas pieds nus, qui entament leur immuable routine matinale.

C'est un petit deux-pièces au-dessus. Une jeune femme seule l'habite. Elle est gentille je crois. Elle a de grandes dents du bonheur qui lui donnent immédiatement un air très sympathique. Je le sais parce qu'un soir, je suis allée lui emprunter un œuf, comme je n'en avais plus.

Elle m'a dit « entrez, entrez, je vous en prie, excusez-moi c'est tout en bazar ». Elle a souri en pointillé, avec ses dents de devant qui ne voulaient rien avoir à faire l'une avec l'autre, et elle s'est dirigée vers la cuisine, en traînant ses pieds chaussés de grosses pantoufles marrantes en fausse fourrure blanche, représentant une tête d'ours (ou de lapin).

Je suis entrée jusque dans le salon, et j'ai attendu là, pendant qu'à côté elle fourrageait dans le frigo pour en extraire un œuf. Je n'ai pas trop osé regarder l'agencement de l'appartement, la déco… Ça me donnait l'impression de la caresser de force. J'ai été quand même attirée par une grande affiche en noir et blanc, encadrée sur le mur. Le pont de Brooklyn. De loin j'ai fait : « Vous êtes allée à New York ? » J'ai aussitôt regretté cette question débile.

Je m'en foutais en plus de connaître son point de vue sur New York... Elle a eu l'air étonnée de loin : « Non pourquoi ? » Toujours de loin, en poussant un peu la voix, j'ai fait « Non mais l'affiche ... ». Elle a ri, ou toussé d'ailleurs... et elle a répondu, soudain devant moi, tout en me présentant un œuf tout blanc : « Ah ça, non c'est juste j'aime bien. »

Hé ben c'est con mais ça m'a ému tout ça, cette fille avec ses pantoufles, ses dents et le pont de Brooklyn. Je me suis dit qu'elle était libre, et ça m'a fait comme une grande respiration.

De dehors aussi, les bruits commencent à me parvenir.

Le bus qui passe en bas.

Des corbeaux qui croassent vite fait, sans doute une dispute passagère. Je ne sais jamais s'ils croassent ou coassent ? Non je crois que ce sont les crapauds qui coassent. C'est comme les chameaux et les dromadaires, on ne sait jamais qui a combien de bosses... Est-ce que c'est vraiment le moment de penser à ça ? Non. Bien sûr que non.

C'est fou le cerveau quand même, fragile et perfectionné comme une dentelle.

Comment se fait-il que je me souvienne au mot près du générique de Candy, dessin animé que je regardais à sept ans, alors que là ce soir, je ne me souviens même pas de qui je suis ?

Le camion des éboueurs passe. Enfin un des camions, parce qu'il y en a au moins trois ou quatre qui passent chaque matin entre 6 et 9 heures.

En tout cas, il y en a un qui passe à 8 h 30 sur le chemin de l'école d'Hélias, quand je l'accompagne le matin. Je le sais parce que dans ce camion, il y a un jeune homme très beau, qui me sourit chaque jour. Il est éboueur dans mon quartier.

Inconsciemment je me suis réglée sur son heure de passage. Il me regarde avec de la gentillesse, et presque de l'admiration. En tout cas, il me regarde.

On se dit « bonjour ! » très gaiement, et puis ensuite en général, je regarde mon fils pour lui ajuster son écharpe, ou lui demander s'il a bien dormi, parce que je ne parviens pas à soutenir le regard de ce jeune homme. Ce jeune homme dont j'ignore tout, même le prénom.

De lui, je ne connais que sa douceur, et le son de sa voix, qui m'enveloppent comme du cachemire chaque matin.

Et sans que j'y prête attention, il s'est mis à exister en moi. Il m'a donné une raison de me lever le matin.

Lui. Dont je ne connais rien, si ce n'est la voix. Et la douceur.

Je m'en suis rendu compte, parce que parfois je ne le vois pas. Il passe plus tôt ou plus tard, à cinq minutes près, et je le rate. Et je ne sais pas pour lui, j'imagine que ça ne change pas grand-chose à sa journée, mais moi, ça ternit les heures qui suivent de ne pas l'avoir au moins aperçu. Même de dos.

Je n'ai pas de mots à mettre sur ce moment, si ce n'est qu'il existe, et moi avec.

Je regarde dehors par réflexe. Mais bien sûr ce n'est pas lui. Ce n'est pas l'heure.

Dans l'immeuble d'en face, les fenêtres s'allument en mode aléatoire, sans logique apparente, l'une après l'autre. Comme un calendrier de l'avent, dont on ouvre une case chaque jour. Consciencieusement. J'adore ce spectacle de la vie d'en face. Les gens qui entament leurs rituels, totalement étanches et ignorants de ce qui se déroule quelques mètres plus loin, à cour ou à jardin. La joie, la détresse, la fatigue. C'est une somme d'existences en 2D qui court le long des rues. Minuscule théâtre de gestes insignifiants. Lui se lave les dents. Elle fume à la fenêtre. Il passe en slip. Elle allume la lumière…

Le téléphone sonne. C'est le réveil. Il est l'heure de préparer Hélias pour l'école. On pourrait se dire que le cours de la journée va se trouver dévié par l'accident de la nuit. Mais non. La marche du monde est implacable. On fait les gestes, même brisée à l'intérieur. Et le papillon enclume qui vient de se poser sur notre poitrine, tout le monde s'en fout. C'est normal après tout.

Je réveille mon fils. Son petit corps lourd de la nuit. Ses yeux inconscients de tout drame. Il s'étire et bâille comme un lionceau, son épi au garde-à-vous. Il est adorable. Je voudrais que le temps s'arrête maintenant et pour toujours. Mais non. Moi aussi, je fais les gestes presque malgré moi. Je prépare. Les vêtements, le cartable, le petit déjeuner.

Au moment où je retourne dans la cuisine, pour verser des Chocapic dans un bol Petit Ours Brun, il surgit devant moi.

Je pousse un cri de surprise.

« Mais qu'est-ce que tu fais là ?

— J'habite là hein…

— Non mais tu étais où ? Pourquoi tu es parti ? »

Maintenant que je le vois dans la lumière, je m'aperçois qu'il saigne de la lèvre, ses avant-bras sont griffés et son col de chemise est déchiré. Je me dis « ah ben super la qualité », et ce n'est encore une fois évidemment pas du tout le moment de se faire cette réflexion.

« Mais tu t'es battu ou quoi ?
— Bon je vais prendre une douche. »

Je le suis dans la salle de bains, après avoir collé mon fils devant un des dessins animés qui tournent en boucle le matin, pour soulager les parents épuisés. C'est Franklin la tortue qui entame sa tournée. Je peux pas le voir, lui. Tout ce que ça dit en filigrane, sur la famille, sur la façon de (bien) se comporter, sur la morale… C'est insupportable. Rien que le générique déjà : Franklin savait lacer ses chaussures, et compter deux par deux… Grand bien lui fasse.

« Tu vas m'expliquer ce qui se passe à la fin ?
— Bon écoute, le mec que j'ai renversé il est à l'hôpital. Ils l'ont mis dans un coma artificiel, pour tout bien vérifier ses constantes ou je sais pas… »
Il souffle et paraît accablé. Il s'assied comme une masse dans le tas de linge sale, torse nu.
Il continue.
« Mais il va s'en sortir. C'était juste un choc. Un gros choc… mais il est pas mort. »

Je me demande comment il sait tout ça. Je lui demande. Il élude. Alors je veux savoir ce qui va se passer, si la police va venir, qu'est-ce qu'on va dire ? Il faut qu'on se mette d'accord sur une version cohérente des faits. Mais étant donné qu'il me livre les étapes de cette soirée en kit et dégradées, je ne vois pas comment faire tenir cette histoire.

Alors il explique que si les flics appellent... Il dit encore « si », parce que apparemment ce n'est pas sûr. Mais comme il n'était pas certain non plus d'avoir renversé quelqu'un et tout à coup il va le voir à l'hôpital. Non décidément ce bateau ne tient que grâce à la peinture.

« Donc si les flics se pointent, le mieux serait que tu dises que tu étais au volant, et comme le mec est pas mort, ce sera pas si grave. Parce que si je dis que c'était moi, entre le fait que j'avais bu, le permis qu'on m'a fait sauter et le délit de fuite... Tu vois ? »

Oui je vois bien. Il peut rajouter à cela le mensonge, la tromperie, la manipulation, la violence, le mépris, la négligence, la méchanceté... Mais aucune peine n'est prévue pour tout ça. Sauf la mienne.

« Qu'est-ce qu'il a papa à la bouche ? »

Rien, il a rien. J'ai soudain très hâte de déposer cet enfant à l'école, pour pouvoir régler cette histoire entre lui et moi. Qu'on en finisse. Je suis fatiguée, j'ai mal à la tête. Et la centaine de mini banderilles de questions avec lesquelles mon fils me pique, c'est insupportable.

Je le presse et je m'en veux en même temps. Une fois habillé, je lui mets son cartable sur le dos et je le tire par la main, son corps me suit, trimballé comme une poupée de chiffon qui ne comprend pas pourquoi on la secoue comme ça. Mais qui se soumet. Parce que c'est une poupée de chiffon.

Nous descendons l'escalier. Les yeux intranquilles d'Hélias suivent la rampe, tandis que sa bouche en « o » semble articuler des questions muettes.

Plus tard.

Je lui expliquerai plus tard.

Quand j'aurai compris déjà…

Le *clic* de la porte qui se déverrouille. Je pousse fort. La lumière se glisse en tsunami sous le porche.

Nous voilà dehors, dans la rue, otages de l'air qui pique.

Allez…

« Hé ?! Pardon… euh madame ? »

Je continue à marcher. Quelqu'un qui arrive par-derrière me touche l'épaule.

C'est une femme.

Pardon je ne voulais pas vous faire peur excusez-moi peut-être je vous laisse déposer le petit à l'école. Coucou, comment tu t'appelles ? Tu es mignon dis donc... J'attends depuis un moment dehors, je tremble mais c'est parce que je suis gelée putain pardon oulala un vilain mot vous préférez que je vous attende ici après j'aime mieux pas je veux pas risquer de le croiser il sait pas que je suis là vous comprenez ? Je l'ai suivi pardon je peux marcher avec vous ? Je me tais si vous voulez je marche jusqu'à l'école et après on prend un café et on se parle.

C'est GoSport.

Je le comprends immédiatement. Elle a l'air complètement affolée, limite incohérente.

Je m'en veux mais le premier truc que je fais c'est la détailler de la tête aux pieds. Je suis soulagée. Elle est moche. Enfin pas moche moche, mais quelconque. Le menton un peu en galoche, deux petits yeux noirs un peu trop proches et enfoncés. Comme des boutons de bottines. Maigre, le cul plat. On dirait un chat mouillé.

Nous marchons côte à côte derrière Hélias qui ouvre ce drôle de bal.

Je jette des regards en biais pour compléter ma première impression. Elle est habillée pour sortir, avec des talons. Mais elle est sale. Même si on devine les restes d'un parfum de prix sur elle. Sa manche est déchirée. Elle s'est cassé un ongle. Elle a un gros bleu sur le bras. Ah tiens son jean aussi est déchiré au genou. Et vu son style, ce n'est pas un effet de mode. Je veux dire, elle ne l'a pas acheté comme ça.

Elle marche en silence et en haletant. Elle regarde devant elle.

Elle a mangé tout son rouge à lèvres, et il ne reste plus qu'un arc bordeaux sur le contour de sa bouche. Son mascara a coulé.

En réalité si je dois préciser ma pensée, elle n'est pas spectaculaire, mais elle est très sexy. Oui sexy. Ce mot un peu *cheap*, mais efficace. Elle a un truc à elle avec ses grandes jambes d'aigrette perchées sur ses boots. Une groupie de groupe de rock. Une Anglaise dans un pub.

Elle a ce qu'on appelle « une dégaine ».

Je dépose Hélias.

Je me retourne vers elle. Elle est toujours là. En train de gratter ce qui lui reste de vernis sur ses ongles écaillés.

« Je suis pas obligée de vous écouter, je dis.
— Non c'est vrai… On va là ? »

Elle désigne un café, le Balto.

Je la suis.

« Je m'appelle Julie », elle dit.

A-35
La petite fille

Mes parents ne s'aimaient pas. Ou peut-être que si, mais ça ne se voyait pas.

Mes parents ne m'aimaient pas. Ou peut-être que si, mais je ne le sentais pas.

Je les savais déçus par moi, depuis toute petite. Surtout ma mère. Je n'étais pas la petite fille qu'on remarque, grâce à ses grands yeux bleus ourlés de longs cils noirs, et sa moue adorable.

Je ne savais pas chanter.

Je n'arrivais pas à avoir un avis sur les choses.

Je ne savais pas faire la roue.

C'est difficile de se voir quand on n'a pas de regard sur soi. Alors je pensais qu'il ne devait pas y avoir grand-chose à voir.

J'imagine avoir eu des élans de spontanéité, petite. C'est ça les enfants. Ils grandissent comme un pétard qu'on étouffe en jetant un gros édredon dessus.

Enfin moi je dirais que ça s'est passé comme ça peu ou prou.

Si j'aimais une couleur, on me disait que c'était criard.

Si j'aimais une tenue, elle était vulgaire.

Une émission de télé… abrutissante.

Un chien… Et puis quoi encore ?

Assez vite je n'ai plus rien osé aimer. Plus grave, je n'ai plus su quoi aimer.

J'admirais les gens qui avaient un avis tranché sur tout. Même absurde. Personne ne remet jamais en question quelqu'un qui affirme avec force.

Moi, je déteste la galette des Rois.

Moi, j'adore les roux.

Moi, je peux pas saquer les notaires.

Moi, j'aime trop les chihuahuas…

Je trouve que ça dessine en creux les contours d'une personnalité, unique comme un flocon de neige. Il paraît qu'il n'y en a pas deux semblables. Oui, ces petits choix du quotidien font de nous des individus à nul autre pareil.

Alors j'ai attendu que mon entourage me dise quoi aimer, comment me comporter. Mon entourage étant réduit à mes deux parents, c'est auprès d'eux que je me ravitaillais en personnalité.

Après coup, ce que j'ai compris, c'est qu'ils n'ont pas énormément apprécié d'avoir un enfant. C'est la raison pour laquelle ils n'ont pas réitéré l'expérience.

Très soucieux des conventions et du regard des autres, ils l'ont fait parce qu'« il fallait bien », sans trop réfléchir aux conséquences.

Or les conséquences de l'arrivée d'un enfant sont immenses. Telluriques même.

En surface, rien de fou, à part des nuits écourtées pendant quelques mois. Mais à l'intérieur, au tréfonds de l'intime, c'est une réorganisation totale de nos cellules, une sorte d'explosion atomique, qui fait de nous quelqu'un d'autre. Pas forcément mieux, ou pire. Juste autre. Et ça, pardon, mais il faut être prêt à l'accueillir.

Or personne ne sait à l'avance ce que cela va faire de nous, de donner la vie. Il ne faut pas juger ceux qui n'y arrivent pas, c'est juste « comme ça ».

En revanche pour les enfants qui arrivent dans une famille « comme ça », le chemin sera tortueux. Je n'ai aucune idée de la probabilité, mais ce que je sais, c'est qu'il y a ceux qui y arriveront, et ceux qui n'y arriveront pas.

Moi j'ai vite compris que j'aurais du mal à vivre, mais que j'y arriverais.

J'ai essayé de toutes mes forces de me comporter selon ce que mes parents attendaient de moi.

La soumission est une force dans des cas comme celui-ci. Elle permet de gagner du temps, et de ne pas trop s'abîmer.

Enfin c'est ce que je pense.

La première chose qui a été sabotée chez moi, c'est mon apparence. Je me souviens de séances infinies à me regarder dans le miroir, à essayer de comprendre dans quelle ligue je me situais.

La question très prosaïquement était celle-ci : étais-je belle ou laide ?

Est-ce qu'il y avait une formule, quelque chose d'éprouvé scientifiquement ?

Je récupérais les numéros de *Elle*, auquel ma mère était abonnée, seule source de fantaisie dans la maison... Enfin jusqu'à ce que je découvre la collection de *Lui* sous le lit de mon père. J'ai trouvé ça drôle. Ils n'étaient pas si mal assortis finalement, « Elle et Lui ».

Bref, les *Lui* m'ont permis d'ausculter de très près les corps de femmes censées être idéales. Et les *Elle* les visages. Munie de mon double décimètre, je mesurais tout ce que je pouvais sur le papier glacé : jambes, nez, bouche, bras, mains... Ensuite, comme je venais d'apprendre les proportions en maths, je prenais les mêmes mesures chez moi et, à la faveur d'une règle de trois, je vérifiais si je possédais les bonnes.

Comme quoi les maths peuvent servir dans la vraie vie.

Je trouvais que ça correspondait plus ou moins. Mais assez vite mon enthousiasme était éteint par l'un ou l'autre de mes parents.

Par exemple, lorsque ma mère me trouvait devant le miroir, dans ce qui était pour moi une véritable recherche, elle me tirait violemment par le bras. Et elle criait :

« Je vais finir par enlever les miroirs moi ! Qu'est-ce que tu as à te regarder toute la journée ? Pour ce qu'il y a à voir en plus… »

Aujourd'hui j'aurais pu lui répondre que ce n'est pas pour rien qu'on dit qu'un miroir réfléchit. On réfléchissait ensemble, le miroir et moi.

De toute façon, si d'aventure lorsque nous faisions les courses un commerçant lançait un compliment à mon adresse, par réflexe j'imagine, pour pousser à l'achat d'une livre de clémentines ou d'un éclair au café, ma mère répondait : « Oh mais arrêtez de la flatter enfin, elle va devenir prétentieuse ! »

Idem lors des repas. Chez le primeur, ma mère achetait une quantité industrielle de légumes, que je ne retrouvais que rarement dans mon assiette. Elle disait au jeune homme qui nous servait, et qui avait de très beaux yeux verts d'ailleurs, qu'il fallait faire manger des légumes aux enfants, parce que sinon... Et elle gonflait ses joues en jetant un regard désolé vers moi.

Elle croyait que je ne comprenais pas si elle ne prononçait pas le mot.

Le mot « gros », qui apparemment pour elle était un gros mot.

Mais je comprenais. Même petite.

Ma mère, qui elle était très mince, me trouvait grosse. Elle nourrissait au fond d'elle une forme de honte de moi. Aussi, grâce à ce poids, j'étais une version jeune mais non concurrentielle d'elle-même. C'est pourquoi elle achetait ces légumes mais continuait à me servir des frites et des nuggets, afin de me maintenir, j'imagine, dans un état mi-gros, un peu désolant mais acceptable selon ses standards.

Or je ne me trouvais pas spécialement grosse. Et je ne l'étais pas si j'en crois les photos de l'époque.

Alors je demandais à mon père. Lui il optait pour une attitude à la suisse, soucieux surtout de ne pas fâcher sa femme. Alors il disait des trucs du style que c'était sûr que je n'avais pas hérité de la ligne parfaite de ma mère. Je tenais davantage du côté de sa famille où les femmes étaient bien charpentées. Et il riait, son rire étouffant la fin d'une phrase floue de toute façon.

Résultats de l'enquête de voisinage, menée également au sein de la famille : je n'étais guère plus avancée quant à savoir si j'étais belle ou moche.

Je me suis alors dit que la réponse devait se trouver au milieu. J'étais sans doute banale. Après tout, cette conclusion me convenait, déjà parce qu'elle en était une (de conclusion), et parce que forte de cela, j'allais pouvoir commencer à me diriger dans la vie.

J'avais acquis ma première certitude : j'étais banale.

À partir de là, l'idée centrale qui a dirigé ma vie a été que comme apparemment je n'allais pas faire de grandes choses, dans aucun domaine, je serais en paix si je faisais ce qu'on espérait de moi.

Je me suis alors mise à être conforme de toutes mes forces. J'ai mobilisé toute mon énergie pour être fidèle aux attentes de tout le monde, dans tous les domaines.

Je compris beaucoup plus tard que cette mission auto-assignée requérait un travail colossal. Bien plus qu'être libre finalement…

Une fois j'ai été débordée.

Par l'amour.

J'étais petite vraiment. Pas plus de six ans je dirais. Je me souviens de ce moment comme si c'était hier, parce qu'il a déboulé dans ma vie comme un taureau furieux, et aussi parce qu'il a balayé, pour un temps, la mélancolie qui stagnait au fond de mon âme.

Nous étions partis passer un dimanche à la campagne chez des amis de mes parents. Quelque part en France, impossible de dire où. Mais pas loin.

Le front collé à la vitre arrière de la voiture, je tentais de contrôler mon mal de cœur, en me concentrant sur les images que je recevais une à une à toute allure, diaporama enragé.

Un petit village niché dans les arbres, du noir, une station-service, du gris, du bois mort, du noir, un patchwork de champs, camaïeu de bruns en cette saison hivernale, un tunnel, du gris encore, une aire d'autoroute, du gris toujours…

Et puis il s'était mis à pleuvoir. Une bruine pas franche du collier. Les gouttes venaient s'écraser contre la vitre, petits vermisseaux tremblotants, lamentables. Et puis après avoir longuement hésité, comme si à un moment elle n'y tenait plus, chaque goutte finissait par s'envoler d'un coup. Comme ça. Dans la nature.

Une fois sur place, j'étais la seule enfant. Les adultes se sont immédiatement servi à boire et le volume sonore de leur conversation s'est mis à augmenter, en même temps que le rouge gagnait leurs oreilles.

Un gros feu magnétique était en train d'en découdre avec la cheminée. Complètement hypnotisée, je me suis collée au plus près, à la limite du supportable.

Et puis sans doute a-t-on déjeuné. Je me souviens juste de la gratitude que j'ai éprouvée, lorsque j'ai compris que j'aurais le droit de prendre mon assiette pour aller manger à ce que je considérais désormais comme « ma place », à savoir : trop près de la cheminée. J'allais pouvoir, le visage brûlant, éviter le moment interminable du repas entre adultes, pendant lequel on me demanderait immanquablement en quelle classe j'étais.

Pour enchaîner avec un « et ça se passe bien l'école ? ».

Et conclure sur « c'est fou, elle est grande pour son âge, je lui donnais facilement dix ans ».

À un moment donné, vers le dessert par là, plus personne ne me prêtait attention. Le volume des dialogues avait carrément explosé, les phrases étaient plus décousues. L'ensemble, brouillon, donnait une impression de confusion. À ce stade, il était devenu très compliqué de parvenir à isoler un sujet de conversation. Impossible de tirer un fil au milieu de cet écheveau de phrases emmêlées les unes aux autres, parfois entrecoupées de gros éclats de rire.

Je me demandais même si enfin j'avais assouvi ce vieux fantasme, celui de posséder le superpouvoir de l'invisibilité.

Une fois rassasiée, au coin du feu, j'étais tout simplement bien. Mes yeux commençaient à se fermer et franchement, il me semblait que j'aurais pu rester là la vie entière.

Mais c'était sans compter l'envie de sieste qui s'était emparée de tous les adultes en même temps. Là, ils se sont souvenus de la présence de cette petite fille collée au feu depuis… depuis quand d'ailleurs ?

Mes parents étaient partis se reposer, et c'est un monsieur que je ne connaissais pas qui s'est inquiété de laisser un enfant seul au milieu des reflets d'un repas digne du banquet d'Astérix, et au contact d'un feu qui semblait ne jamais vouloir faiblir.

C'est là que la maîtresse de maison a eu l'idée de demander à un petit voisin, un « garçon de ferme » c'est les mots qu'elle a employés, de me garder quelques heures.

A-35 – La petite fille

Il s'appelait François.

Il devait avoir quinze ou seize ans, ce qui techniquement en faisait selon moi un adulte.

Tout prend des proportions impressionnantes dans l'enfance. Adulte, on ne se formalise pas, quand on a trente-neuf ans, de parler à des gens de quarante-six ans. Cette différence, on ne la sent même plus. Mais enfant, quand on a six ans, on ne fraye pas avec des vieux de sept ans de plus.

François était grand et brun, c'est à peu près tout ce qui me revient quand je pense à lui. Ah et aussi, il était tout le temps en train de sourire.

J'étais gênée quand il est arrivé au coin du feu pour me récupérer. Je n'osais pas trop le regarder. Je me disais qu'il devait être bien embarrassé par ma présence, et qu'il avait sans doute mieux à faire cet après-midi que de garder une petite fille inconnue. J'imaginais qu'il n'avait sans doute pas osé dire non à la maîtresse de maison, une grande femme blonde, tellement toute carrée (épaules, mâchoire...) qu'on l'aurait dite pixélisée, bien peignée, une voix de stentor et des manières masculines. Quelque chose de germanique en elle. Dans tous les cas, pas le genre de femme à qui on peut répondre : « Non j'ai pas envie... »

Donc pour moi, François allait se taper la corvée du siècle à cause de moi, et je m'en trouvais confuse d'avance.

Or tous mes pronostics ont été déjoués, par un François justement très enjoué, lui. Il m'a fait immédiatement me sentir à l'aise. Je crois que j'éprouvais pour la première fois le sentiment de ne pas être un poids pour quelqu'un.

C'était fou, il avait même l'air de goûter ma compagnie...

Il riait tout le temps, il me faisait rire. Il disait des blagues, ou alors il se moquait de sa vie à la campagne. Il disait qu'il était un plouc pour les Parisiens qui avaient acheté la maison d'à côté. Il le savait qu'ils l'appelaient « le bouseux » dans son dos. Mais il s'en foutait. Il trouvait que ça lui allait bien « François le bouseux ». Et ça aussi ça le faisait rire encore. Et encore.

À un moment il m'a dit : « Tu veux rigoler ?

— Mais je rigole déjà », j'ai dit.

Et ça nous a fait rigoler de plus belle.

Là il a fait : « Ferme les yeux et attends une minute. »

Je me suis plantée au milieu du grand champ en jachère, mon petit corps chahuté par la bise hivernale et mes petits poings fermés bien enfoncés dans mes orbites, pour être sûre de ne rien voir de ce qui allait apparemment être une surprise.

Et puis il a dit : « Vas-y tu peux regarder ! »

J'ai ouvert les yeux, et là il est apparu juché sur un tracteur.

« Allez, viens, monte ! »

Trois verbes à l'impératif, il ne m'en fallait pas plus. J'ai regardé à droite et à gauche, histoire de vérifier si quelqu'un autour de moi s'opposait à ce que je monte sur ce gros tracteur rouge. La version XXL du tracteur de jeu Mattel, brillant et vibrionnant. C'est bon, la voie était libre. Alors je me suis mise à courir vers François, mes chaussures s'enfonçant dans la terre meuble fraîchement retournée.

Au pied de la machine, François s'est penché en avant et m'a prise par-dessous les aisselles pour me poser tout en haut à côté de lui.

Et on a fait du tracteur.

Je ne suis plus jamais de ma vie remontée sur un tracteur. J'ai un souvenir intact de ce moment. Mes chaussures pleines de boue, mon corps trimballé au rythme des irrégularités du terrain, et le rire. Je riais aux éclats. Même François était surpris. Il a dit qu'il n'avait jamais vu quelqu'un rire autant sur un tracteur. Et ça l'a fait rire encore plus lui aussi.

Là, tantôt projetée contre lui, tantôt éloignée, je suis tombée amoureuse pour la première fois de ma vie. J'ai immédiatement identifié ce sentiment comme étant de l'amour, de façon instinctive, bien que n'ayant jamais rien lu, vu ou entendu sur le sujet.

Les adultes oublient souvent que oui les enfants tombent amoureux. Bien plus fort que les adultes d'ailleurs. Le sentiment, beaucoup trop grand pour eux, envahit complètement leur petite carcasse et déborde de toutes parts.

L'amour, chez les enfants, n'a besoin ni de justification ni de concrétisation. Il est d'une pureté abyssale, qui fait peur même.

Je le regardais en douce, et il me semblait parfait en tout point. J'allais me marier avec lui plus tard. Et on ferait des tours de tracteur à en perdre haleine. Et je ne serais pas un poids pour lui. Au contraire même, il serait toujours content d'être avec moi, et ses yeux s'allumeraient comme le grand feu du salon, chaque fois qu'il me verrait apparaître devant lui.

C'était sûr.

C'était écrit.

Comme un chemin de lumière qui se déroulait devant moi, depuis mes pieds pleins de boue jusqu'à l'infini, plein d'étoiles.

Et puis la nuit est tombée, et François m'a ramenée à la maison. Tous les adultes étaient revenus à leur place du midi, comme des santons dociles.

Ma mère a chaudement remercié François. Elle a demandé « ça s'est bien passé ? ». Et la grande dame blonde pixélisée a demandé à François s'il voulait un verre. C'était l'heure de l'apéro après tout, non ? Cette réflexion a fait rire toute l'assemblée, sans que je comprenne très bien pourquoi.

Alors François a répondu que oui, tout s'était très bien passé, que j'avais été très sage. Il n'a pas voulu de verre, ses parents l'attendaient, il allait rentrer maintenant.

Il n'a pas évoqué le tracteur. Je me suis dit qu'il n'avait pas le droit de me faire monter dessus. J'étais une enfant après tout. Peut-être même, et c'était encore plus vraisemblable, n'avait-il pas le droit d'utiliser ce tracteur tout seul…

Dans tous les cas, cela faisait désormais de ce moment un secret que seuls nous deux partagions, et je ne l'en ai aimé que davantage.

Après, il a lancé un « au revoir » à la cantonade et, avant de tourner les talons, il m'a fait un petit coucou de la main, que j'ai immédiatement consigné tout au fond de mon cœur, comme on grave un serment d'amour sur le tronc d'un arbre.

Je me suis rassise trop près du feu, histoire de laisser à mon cerveau le temps de traiter le flot des événements qui venaient de me submerger. Je voulais aussi sceller chaque petite pépite de souvenir, afin que rien ne s'échappe de cet après-midi d'hiver.

Lorsque j'ai entendu mon prénom sortir de la bouche cerclée du bordeaux du vin rouge de ma mère, mes parents étaient en train de mettre leurs manteaux. La nuit était franchement tombée.

Une grande série d'embrassades et de remerciements m'emportent, tandis que des bras adultes m'enfilent mon manteau sans me regarder. La manche droite de mon pull s'est relevée dans la manœuvre, faisant un goulet d'étranglement au niveau de mon coude. C'est très inconfortable, mais désormais plus rien n'a d'importance. À part François bien entendu. Les contours de chaque chose se redessinent en plus doux, plus accueillant, plus chaud. L'hiver est chaud comme le feu sur mon visage désormais.

Une fois dans l'auto, je suis triste. Il me manque déjà. Son absence crée un gouffre qui se creuse un peu plus à chaque kilomètre qui m'éloigne du champ où j'ai joué avec lui. Je ne m'en rends pas compte immédiatement, mais je pleure. Les larmes coulent en silence avec un débit parfaitement régulier.

Devant, mes parents tentent de combattre le silence de l'aller, aidés en cela par l'ivresse. Leurs paroles me parviennent par bribes. Ils sont en train de parler des gens avec qui ils ont passé l'après-midi. En mal apparemment. Tout le monde est passé au crible. Ceux qui ne sont pas laids sont idiots, et personne ne trouve grâce à leurs yeux. Ce petit inventaire de la médiocrité d'autrui semble leur faire un bien infini. Les voilà plus tranquilles, comme rassurés.

Tellement que mon père tente un regard dans le rétroviseur à mon adresse, assorti d'une phrase que j'ai oubliée, mais qui ressemblait sans doute à un « et comment elle va ma fille ? ».

Il n'a pas relevé le fait que mes joues étaient baignées de larmes. J'ai alors supposé que cela ne se voyait pas dans la nuit, et j'en ai été bien soulagée.

J'ai dit : « Super, c'était super cet après-midi, je me suis bien amusée, j'espère qu'on reviendra bientôt ! »

Étonnée sans doute par la longueur de ma phrase, moi qui répondais le plus souvent par oui ou par non, et par la joie qui émanait de ma personne, ma mère a tourné la tête vers moi :

« Revenir ? » elle a dit, comme si ce que je venais de dire était la chose la plus saugrenue qu'elle ait entendue de sa vie…

« Certainement pas… Cette maison gelée plantée au milieu d'un champ de gadoue… Danièle m'a dit qu'ils allaient la vendre d'ailleurs cette vieille bâtisse. J'ai l'impression qu'ils se sont tiré une balle dans le pied, entre les travaux et les réparations c'est un véritable gouffre. Ça leur apprendra à vouloir une résidence secondaire à ces parvenus. »

Je n'ai pas tout compris, et surtout pas ce que ma mère reprochait à Danièle. Mais j'ai intégré immédiatement que mes plans de mariage sur un tracteur venaient irrémédiablement de tomber à l'eau.

Je ne reverrais plus jamais François.

Les larmes sont revenues. Plus amères cette fois.

Depuis le siège avant j'ai entendu ma mère dire à mon père : « Tu vois elle renifle, à tous les coups elle a pris froid dans cette campagne gelée comme l'âme du diable. »

Plus tard j'ai entendu dire qu'on pouvait se faire des fractures de fatigue. Lorsqu'on est épuisé et stressé, il arrive qu'un os se fendille.

Je ne sais pas si cela existe les fractures de tristesse, mais ce soir-là, à l'arrière de cette voiture, je m'en suis probablement fait une.

La décision

Julie alors…

Elle a commandé un café allongé, moi un expresso. Je n'ai jamais compris les gens qui commandent un café allongé, cousin vraiment très éloigné du café. Petite je croyais que les gens qui commandaient des cafés allongés étaient des gens couchés, qui commandaient des cafés.

Nous restons un moment sans parler. Moi je la regarde, tandis qu'elle fixe le sol.

Je ne sais pas quelle attitude adopter, ni même quoi ressentir. Est-ce que je devrais être énervée contre elle ? Méfiante ? … Reconnaissante ?

Je veux juste comprendre pour le moment.

Je l'interroge du regard sur ses bleus et ses griffures.

Et ça déclenche toute une logorrhée, qu'elle retenait depuis trop longtemps.

Elle m'explique qu'elle s'est battue avec lui, parce qu'il ne voulait pas qu'elle vienne me voir. Il a tout fait pour l'en empêcher. Il est allé jusqu'à la frapper. Là, là, et là...

Elle a de petits spasmes à intervalles réguliers, qu'elle dissimule par des reniflements.

En fait ils sont sortis tous les deux dans un bar. Le plan était ensuite de regagner une chambre d'hôtel qu'il loue quasi à l'année pour recevoir ses conquêtes. Elle se doute qu'il y a d'autres femmes, la sienne déjà, mais elle s'en fout. Elle est célibataire, il est mignon, assez généreux... enfin voilà quoi...

En sortant du bar, il était bien bourré. Elle a proposé de conduire mais il a dit en rigolant qu'il « tenait à la vie ». Elle se souvient avoir ri par réflexe, mais s'être dit « quel con ».

Et là, alors qu'il était en train de changer la fréquence de la radio et qu'elle était sur son tél, *bim*, un choc. Elle a dit « merde mais c'est quoi ça ? », et lui a dit « on s'en fout », et il a continué. En se retournant vers l'arrière elle a constaté que quelqu'un était étendu sur la chaussée.

Elle a tenté par tous les moyens de le faire revenir en arrière, elle a dit « c'est grave un délit de fuite », mais il n'a rien voulu entendre. Une fois dans la chambre d'hôtel, franchement elle n'avait plus le cœur à faire quoi que ce soit, évidemment. Alors elle a dit qu'elle devait y aller, qu'elle n'était pas tranquille.

C'est là qu'il a évoqué sa femme, vous, donc (elle frotte les paumes de ses mains contre son jean, comme pour le repasser)...

Il a dit qu'étant donné son alcoolémie, le retrait de permis et le fait d'avoir renversé quelqu'un, il vous demanderait de dire que c'était vous au volant.

J'ai trouvé ça ignoble. Je suis partie de l'hôtel et je suis revenue à pied sur les lieux de l'accident. Là il y avait les pompiers, la police, tout...

J'ai suivi de loin le gars blessé jusqu'à l'hôpital, je me suis pas trop manifestée au début, je savais pas encore ce que je voulais faire. J'ai demandé de ses nouvelles, et quand j'ai compris que ses jours n'étaient pas en danger, ça m'a semblé une évidence.

J'allais le balancer. Il y avait pas de raison que ce soit vous qui portiez le chapeau. Pas de raison que ce pauvre gars soit pas indemnisé après s'être fait renverser par ce connard. Il fallait qu'il paie. Mais je voulais être honnête avec lui...

Alors je l'ai appelé... c'est le coup de fil que vous avez intercepté, je lui ai dit ce que je comptais faire. Je lui ai dit aussi que j'arrivais pour vous parler, il n'y avait pas de raison que vous soyez la seule conne à pas avoir l'intégralité de l'histoire.

Voilà vous savez tout.

Cet accident c'est son accident, pas le vôtre.

J'ai tout écouté en silence, j'ai tout encaissé. Je n'ai pas vu que je pleurais. Que d'un côté.

Tout doucement elle a pris sa serviette bordeaux trop foncé de café *cheap*, et elle a essuyé ma joue. Elle a murmuré « je suis désolée, jamais je n'ai voulu… », sans finir sa phrase, parce qu'elle a commencé à pleurer elle aussi.

On a ri de pleurer comme ça toutes les deux. On était tristes, mais on était fortes tout à coup.

Alors j'ai pris une grande respiration, je l'ai regardée droit dans les yeux et j'ai dit :

« C'est drôle alors, parce que moi aussi je m'appelle Julie. »

Dehors le jour s'était levé totalement. Un matin furieux. Enfin.

Un feu s'est allumé en moi, qui a tout éclairé d'un coup d'un seul.

Il n'était pas rose ce matin, il était rouge.

Table

Cet ouvrage a été mis en pages par

<pixellence>

Imprimé en France par CPI
en mars 2025

Dépôt légal : avril 2025
N° d'édition : 644208-0
N° d'impression : 182884